MERIDIANE

Aus aller Welt

Band 102

Roswitha Haring

Das halbe Leben

Erzählungen

Ammann Verlag

Erste Auflage

www.ammann.ch
Satz: Gaby Michel, Hamburg
Druck und Bindung: Clausen & Bosse, Leck
ISBN 978-3-250-60102-9

Das halbe Leben

Morgens die Kühle, das ist am schönsten. Es ist ganz still, und es riecht gut. Es riecht aus dem Wald und aus der Luft, es riecht nach Wassertropfen auf Gras, es riecht nach Ausruhen, Anlehnen, aber auch irgendwie nach Losgehen, etwas tun, anfangen. Morgens in der Kühle und Stille ist der Platz schöner als am Tag. Ich stehe und sehe ein paar Vögel über dem Tal. Der Kirchturm spießt sie auf, wenn sie nicht achtgeben, oder der Wald verschluckt sie. Hinter mir, hinter der Mauer mit den gekreuzten dunklen Balken, schlafen die anderen Kinder und die Erwachsenen, die Gruppenleiterinnen und der Lagerleiter. Sie schlafen, während ich hier stehe und Ferien habe. Im Sommer haben Kinder Ferien, Schulferien, zwei Monate. Erwachsene haben drei Wochen Urlaub. Wäre ich zu Hause, würde ich allein in der Wohnung sein. Du fährst ins Ferienlager, hat irgend jemand zu mir gesagt, und alle sagten, toll. Das Ferienlager dauert zwei Wochen, dann gibt es einen Tag Pause, und es kommen die nächsten Kinder. Siebzig Kinder. Sie fahren im Bus hierher, frühstücken, gehen raus, essen Mittag, ruhen, gehen wieder raus, Abendbrot, unterhalten, ab ins Bett. Schlafen. Selbst Schlafen ist hier anders. Ich habe mir am ersten Abend mit dem Kissen die Ohren zugehalten, aber der Lärm drang trotzdem durch die Bettwäsche und die Federn. Am Morgen sagte die Gruppenleiterin, nachdem sie uns geweckt hatte, irgend jemand hat in der Nacht sein Kissen um den Kopf gewickelt, ich weiß jetzt nicht, wer das war. Ich habe mich nicht gemeldet, es hat auch niemand weiter danach gefragt. Nach dem Wecken gehen wir in den Waschraum. Vier Waschbecken auf jeder Seite, zehn Mädchen in der Gruppe. Ich stelle die Waschtasche auf den Boden, im Ferienlager braucht man eine Waschtasche mit Waschlappen, Seife, Zahnbürste und Zahnpasta, und dort wird sie naß. Ich klemme die Schlafanzugjacke zwischen meine Knie und drücke das weiße Zeug auf die Borsten. Ein Wurm, dem die Stacheln nichts ausmachen. Ich zerquetsche ihn in meinem Mund. Ein Mädchen kreischt. Ein nasser Lappen ist an ihren Rücken geflogen, sie hebt ihn auf und wirft ihn ziellos zurück. Ich hätte ein brennendes Mal auf meiner Haut, ein Loch im Rücken. Ich hätte in die Zahnpasta genuschelt. Ich wasche mein Gesicht. Andere Mädchen warten auf ein freies Waschbecken. Sie warten nicht an der Tür, sie stehen hinter einem. Ich trockne mich ab, reibe mit dem Handtuch, und ein zweites Gesicht ist im Spiegel. Mein Gesicht wird heiß, aber im Waschraum ist es kühl. Es riecht nach feuchten Scheuerlappen. Die Fliesen sind glatt und gelb. Ich spüle den Waschlappen aus. Das Becken ist sofort wieder besetzt. Ich gehe in eines der Zimmer mit fünf Doppelstockbetten. Auf dem Weg wische ich die Waschtasche ab, dann stelle ich sie in das Fach, das mir gehört. Sie knickt ganz langsam um. So langsam, wie ich mich manchmal am Nachmittag fallen lassen möchte, wenn es wieder so heiß ist wie am Vortag. Hitze gehört zum Sommer dazu, hat der Lagerleiter gesagt. Das war beim Appell gestern. Nach dem Frühstück in dem großen Raum im Erdgeschoß, wo auch eine Abschlußfeier stattfinden soll, ist immer Appell. Wir essen etwas, und dann formieren wir uns in Zweierreihen. Formieren, hat die Gruppenleiterin gesagt. Das Frühstück in den Vitrinen ist auch formiert. In einer Reihe die Marmeladengläschen, Tassenstapel, Tellertürme, Butter, Käse, Wurst. Nur das Brot fällt aus dem Rahmen, es krümelt, und jede Scheibe ist doch ein bißchen kleiner als die vorige. Aber das sieht man nicht immer, das ist das Glück des Brotes. Frühstück. Wir sitzen an langen Tischen, essen, trinken braunen durchsichtigen Tee, und die Mädchen und Jungs und die Erwachsenen reden. Manche waren voriges Jahr schon hier, kennen eine Stelle im Wald, eine Gruppenleiterin, den Vater der anderen, weil er ein Kollege der Mutter ist. Ich sage, in welchem Stadtteil ich wohne und wo ich zur Schule gehe. Das Mädchen sagt ihrerseits, wo sie wohnt, und beginnt von ihrem Badeanzug zu erzählen, den ihr ihre Mutter extra für das Ferienlager gekauft hat. Baden. Hinter dem Haus, ganz neu, ist ein Swimmingpool. Das hatte mir mein Vater schon zu Hause erzählt und Schwimmingpool gesagt. Wir bringen das Geschirr, die Wurstschalenkringel, das zusammengeknüllte Käsepapier und die ausgekratzten Marmeladengläschen an die Theke. Wir wischen die Tische ab und schieben die Stühle bis an die Kante. Knallt ein Teller auf den anderen, eine Tasse auf die vorige, klingt es wie ein hoher abgerissener Ton. Wir stehen noch ein bißchen herum, und dann gehen wir auf den Platz zum Appell. Jeden Morgen ist Appell. Jeden Morgen meldet einer aus der Gruppe, daß sie vollzählig anwesend ist. Der Lagerleiter steht in der Mitte des Platzes, nimmt die Information entgegen und sagt dann, heißt Flagge. Die Mädchen haben gekichert an den ersten Tagen, während die Fahne an einer Leine am Mast emporgezogen wurde. Dabei ist mir eingefallen, daß die Fahne höher als die Kirchturmspitze ist und vom Tal aus zu sehen sein muß. Wie sieht es wohl aus, wenn in der Mitte eines freien Stückes im Wald eine Fahne flattert? Heißt das, hallo, hier sind wir, oder, Achtung, wir sind hier, vergeßt uns nicht? Wenn die Fahne am Ende des Mastes angekommen ist, spricht der Lagerleiter. Ich weiß nicht, was er sagt. Er spricht manchmal davon, was wir unternehmen könnten, daß die Wälder ringsum zum Erkunden da wären und auch das Dorf und daß er uns einen schönen Ferientag wünscht. Aber zu allem, sagt er, gehört auch Ordnung. Ordnung in den Zimmern, in den Schränken und auf den Betten. Und daß er jeden Morgen, während wir durch den Wald streifen, die Ordnung kontrolliere. Er hat Punkte dafür, und die schreibt er in eine Liste. Die Liste hängt neben der Tür zum Frühstücksraum. Wir haben auch eine Ordnung zu Hause. In dem Wäscheschrank meiner Mutter liegen Bettwäschestapel, Pullover, Unterhemden, Handtücher. Alles ist gestapelt, große schwere Pakete. Aber hinter den losen Paketen finde ich manchmal etwas Unordentliches. Strümpfe, zu einem Knäuel zusammengewickelt, ausgeleierte BHs, einen alten Hut. Im Schrank mit den Hemden und Kleidern meiner Eltern lehnen große, auf harte Pappe aufgeklebte Fotos an der Rückwand. Man kriecht in den Schrank hinein und zieht sie unter den Säumen hervor. Auch in den Küchenschränken ist Ordnung. Tassen in dem einen Fach, Teller, Schüsseln in den anderen. Unter dem Tablett in der Mitte des Küchenschrankes liegen Zettel, Postkarten vom letzten Urlaub, Krümel, Knöpfe, Briefmarken, auf denen kein Leim mehr ist. In einem Schubkasten sind Kerzen, Kämme, Kochbücher, Scheren. Ich habe meine Bücher nach der Größe sortiert. Man könnte wie auf einer Treppe schnell auf ihnen herunterlaufen und müßte aufpassen, daß man nicht stürzt. Eine Dose habe ich auch auf das Schränkchen gestellt, sie ist oval und steht immer genau in der Mitte. Das ist meine Ordnung, obwohl meine Mutter sagt, ich hätte keine. Sie kommt manchmal ins Zimmer, reißt die Schranktür auf und alle Sachen die darinnen sind heraus. Ich will nicht hören, was sie sagt. Ich sehe nur, wie die Sachen fliegen. Als ob sie tanzten, total verrückt geworden. Nach einer ganzen Weile, wenn meine Mutter schon lange wieder in der Küche hantiert, nehme ich die Sachen auf und lege sie ganz vorsichtig, ganz langsam wieder zusammen und gehe danach ins Bett. Ich denke an die Stapel in dem Wäscheschrank meiner Mutter und frage mich, wann sie wohl ihren ersten Wäschestapel in den Schrank räumte und was sie dabei dachte, und ich frage mich auch, was sie heute denkt, wenn sie die schmutzige Wäsche wäscht und bügelt und im Schlafzimmer die Schränke mit den frischen Stapeln füllt. Seit einiger Zeit kauft meine Mutter Weichspüler. Die Wäsche hat einen Duft. Man kann das Wäschestück falten und es dann vor das Gesicht halten. Man kann das Gesicht darin verbergen und so lange atmen, bis man glaubt, den Duft aufgesogen zu haben. Mit einem Weichspülerduft herumlaufen, vielleicht fiele dann jede Ordnung leichter, vielleicht flöge dann nichts mehr, weil man selber schon fliegt. Die Fahne kann auch nicht fliegen, sie flattert nur, wird abends mit Appell eingeholt, nachts gefaltet hingelegt, und morgens geht es wieder von vorn los. Jeden Morgen rennen siebzig Kinder über die Korridore, zehn in jedem Zimmer hin und her, als ob sie das bezahlt kriegten. Ich sitze auf meinem Bett und bin schon fertig. Die anderen Kinder gähnen, ziehen sich langsam an, zeigen ihren Pulli oder erzählen ihren Traum. Dann kommt die Gruppenleiterin und mahnt. Sie mahnt auch mich, weil sie ihr, euch, euer sagt. Aber mein Fach ist ordentlich, meine Bettdecke liegt ordentlich, und wenn ich aufstehe, ziehe ich sie noch mal glatt. Ich stehe also auf, aber die Gruppenleiterin sieht mich nicht, weil sie sich über die anderen noch ärgern muß. Manchmal wird sie sogar in ein Gespräch verwickelt und sagt, ja, so was habe ich auch mal geträumt, ja, zieh ein Kleid an. Ich stehe an der Tür, die Gruppenleiterin redet, die anderen Mädchen reden, und ich warte. Sie kommen aus dem Zimmer und hören bis zu diesem, heißt Flagge, nicht mehr mit Reden auf. Ich warte auf dieses, heißt Flagge, weil dann endlich Ruhe ist, weil dann eine Ordnung ist, die mir auch einmal gefällt. Der Platz ist übersichtlich, alle sind still wie ich, und es ist nicht so heiß. Wer die beste Ordnung hat, sagt der Lagerleiter, darf in den Swimmingpool. Das hat er am ersten Tag, beim ersten Appell gesagt. Mein Vater hat das nicht gewußt, sonst hätte er es mir zu Hause erzählt, aber mein Vater kennt keine Ordnung, wie meine Mutter sagt. Schwimmen, baden hat etwas mit Ordnung zu tun. Wer die Bettdecke straff über das Laken zieht, darf ins Wasser, wer Stapel im Schrank baut, die nicht herausfallen, wenn man die Tür öffnet, darf ins Wasser, und wer seine Zahnpastatube nicht im Waschraum liegenläßt auch. Ins Wasser darf nicht jeder, ein Swimmingpool ist nicht für jeden gebaut, er war teuer genug. Alles ist teuer, sagt meine Mutter, jedes unserer Kinder kostet uns ein Auto. Ein Auto, ich bin so teuer wie ein Auto. Ein Auto können sich meine Eltern nicht leisten. Meine Geschwister sind aus dem Haus, das Auto wäre schon alt. Mein Auto wäre noch gar nicht da, ich bin noch nicht alt genug für ein ganzes Auto, ich bin vielleicht nur die Räder und die Türen. Eltern, die ein ganzes Auto haben, können sich auch Kinder leisten. Sie können es sich leisten, mit ihren Kindern zusammenzusein, denn sie haben das Geld für das ganze Auto schon zusammen und auch schon bezahlt. Sie können zahlen, sie verdienen, sie haben es gut. Die haben's ja, sagt meine Mutter über diese Leute. Deswegen soll ich meiner Mutter immer helfen, weil sie schon genug arbeitet. Einmal hat es ihr gereicht. Jetzt reicht's, sagte sie. Ich sollte Kartoffeln aus dem Keller holen. Sie kam kurz danach auch herunter, ging in den Keller der Nachbarin am anderen Ende des Ganges, stieg dann die Treppe wieder hinauf und schloß die Tür von außen ab. Ich hatte kein Geräusch gemacht, ich hatte Kartoffeln aufgesammelt, und das hört man nicht. Ich lehnte über der Kartoffelkiste und hörte in meinem Kopf das Schloß zweimal herumdrehen. Schnapp, schnapp. Ich war im Keller. Wie die Wäschestücke aus dem Schrank herausgeflogen waren, war ich aus der Wohnung geflogen. Sie hatte mich geschickt, und ich war gegangen. Ich hatte mich nicht wie ein ordentlich zusammengefaltetes Wäschestück benommen, dauernd mußte ich meinen Willen durchsetzen, und jetzt bekam ich die Rechnung. Es wurde etwas heimgezahlt. Keine Ausgaben mehr. Zwei Wochen Ferienlager sind billiger, als wenn meine Mutter die ganze Zeit für mich kochen müßte. Zwei Wochen Ferien. Nicht jeder Tag ist ein Ferientag. Das Lager muß bewacht werden, hat der Lagerleiter gesagt, man kann nicht hinaus, ohne sich abzumelden, und wieder herein, ohne sich wieder eingetragen zu haben. Deshalb steht am Tor ein Tisch, und daran sitzen zwei aus einer Gruppe. Vierzehn Tage, sieben Gruppen, jede ist zweimal dran. Zwei Stunden in der Sonne sitzen, Uhrzeiten und Orte eintragen, Striche ziehen, auf die Ablösung warten. Zwei Kinder sitzen an einem Frühstückstisch, Papier liegt vor ihnen, und sie bewachen das Lager. Die Gruppen sind vollzählig, das haben sie beim Appell gesagt, und in den Listen steht, wohin sie gehen wollen. Ich saß auf der Kante der Kartoffelkiste. Im Keller riecht es nicht schlecht, es ist eine andere Frische als morgens auf dem Ferienlagerplatz. Es riecht nach Stein und Feuchtigkeit und Kohlen, es riecht nach tief in der Erde, nach Aufbewahren. Die Luft ist ein bißchen leichter, und im Sommer ist es angenehm kühl. Ich gehe eigentlich gern in den Keller, es ist still und frisch und riecht gut. Nur muß ich aufpassen, ob jemand kommt und wieder geht und die Tür abschließt, ohne mich gesehen und gehört zu haben. Ich saß auf der Kante der Kartoffelkiste und hörte wieder das Schloß. Meine Mutter kam die Treppe herunter und fragte, wieso hast du nicht gerufen, woher soll ich wissen, daß du noch hier unten bist? Durch die Listen weiß man immer, wer wo ist. Neunuhrvierzehn, Gruppe drei, große Lichtung, Spaziergang, neunuhrfünfundzwanzig, Gruppe fünf, Bachverlauf, und so weiter. Ich habe sehr genau die Uhrzeit aufgeschrieben und nicht soviel Platz für die Zeilen gebraucht. Ich habe mit dem Lineal einen Strich unter die

Gruppe gemacht, während das Mädchen neben mir sagte, vielleicht können wir heute in den Swimmingpool. Wir haben nicht genügend Punkte, sagte ich. Wir können doch fragen, sagte sie. Schwimmen, baden, obwohl wir nicht ordentlich genug sind. In dem blauen Wasser sein, das in dem Bassin jeden Tag unbeweglich daliegt. Von einem Treppenfenster im obersten Stock aus sieht man das blaue Rechteck hinter dem Haus, alles ringsum ist bewegungslos. Der breite Rand aus Stein, der Rasen bis zum Zaun, der Wald wie dunkler Filz. Es ist heiß, die Haut brennt, wenn man etwas berührt. Das Wasser eines Swimmingpools ist bestimmt kühl wie Leitungswasser, das eine Weile aus dem Hahn läuft, frisch wie Erdbeertorte aus dem Kühlschrank. Vielleicht ist es danach, als ob man in einem Kellerraum gewesen wäre, mit einer Luke zum Tageslicht. Im Wasser kann man sich treiben lassen, und man kann tauchen. Im Wald dagegen muß man laufen und achtgeben, daß man nicht in einen Ameisenhaufen tritt. Im Wald ist es heiß wie in einem Pullover. Im Wald weht kein Lüftchen, deswegen sind die Bäume alt und hoch. Im Wald knackt es dauernd, und man weiß nicht, was es war, ein Tier, ein großes, ein kleines, ein Fremder, fällt ein Baum um? Im Wald ist es dunkel, und man kann sich verlaufen. Wenn man nicht aufpaßt, findet man nicht mehr zurück, da hilft auch keine Gruppe. Auf einem Platz dagegen kann man alles übersehen, wenn man allein ist, und in einem Swimmingpool ist es nur schön, wenn man ihn allein hat. Der Lagerleiter und die Gruppenleiterinnen schwimmen abends darin. Sie versuchen, leise zu sein, sie flüstern und kichern, aber wir hören sie trotzdem von unserem Zimmer aus. Die gehen da rein, und wir dürfen nicht, sagte eines der Mädchen in einem oberen Bett. Ich wollte sagen, dann räum doch endlich mal auf. Das sollen Ferien sein, sagte ein anderes, meine Mutter wird sich im Betrieb beschweren, sagte ein nächstes, und ich dachte dabei, wieso seid ihr denn verdammt noch mal nicht ordentlich, wenn ihr etwas haben wollt, wieso haltet ihr euch nicht an die Regeln, nur wenn man sie befolgt, kann man etwas bekommen, nur dann gibt es eine Chance. Wenn jede macht, was sie will, dann, dann, dann wäre doch der Swimmingpool sofort voll, siebzig Kinder passen nicht auf einmal hinein, siebzig Kinder können nicht ohne Appell vom Frühstück einfach in die Umgebung verschwinden, ohne daß man weiß, wo sie sind, ohne sie gezählt zu haben, ohne auf sie aufgepaßt zu haben. Siebzig Kinder, und jedes will machen, was ihm in den Sinn kommt, so geht Ferienlager nicht. Aber ich schwieg. Die Mädchen schimpften noch eine Weile, schliefen ein, und ich war noch lange wach. Ich stellte mir vor, wie ich vom Rand des Swimmingpools kopfüber in das Wasser springe. Man zerstört die Oberfläche dabei, das weiß ich, ich war einmal morgens die erste beim Schwimmunterricht. Schwimmen. Es gibt Kinder, die haben Angst, ins Wasser zu springen. Die Schwimmlehrerin hat einmal einen schreienden Jungen, der nicht ins Tiefe springen wollte, am Armgelenk gepackt und ihn wie die fliegenden Sachen aus meinem Schrank in das Wasser geschleudert. Er schrie und mußte trotzdem fliegen und springen. Er konnte schwimmen, aber er wollte nicht springen. Ich hatte überlegt, ob er einer von denen ist, die zu Hause nichts tun müssen, ob er da machen kann, was er will. Dann war da plötzlich die Schwimmlehrerin, die etwas von ihm wollte, und er schrie. Der Lagerleiter will, daß wir die Zimmer ordentlich verlassen. Wir sind den ganzen Tag nicht in den Zimmern, wir dürfen uns tagsüber, außer zur Mittagsruhe, nicht in den Zimmern aufhalten. Die Ordnung ist für die Abwesenheit da. Wir sollen Ordnung hinterlassen. Mir gefällt Ordnung. Ich will immer ordentlich sein. Ich will immer nur Ordnung hinterlassen, damit niemand noch mehr Arbeit hat. Ich will eigentlich gar nichts hinterlassen, ich bin still, ich bin im Ferienlager, ich mache keinen Dreck zu Hause, und meine Mutter kann sich einmal ausruhen. Sie hat jetzt auch ein bißchen Urlaub. Ich bin nicht in der Wohnung, mein Zimmer ist leer. Sie kann mich nicht im Keller einschließen, und wenn sie meine Sachen aus dem Schrank reißt, bleiben sie liegen, bis ich wieder zurück bin. Ich komme zurück. Nach zwei Wochen bin ich wieder zu Hause. Dann laufe ich herum und wirble Staub auf, das sagt sie manchmal zu mir. Es müßte in der Nähe unserer Wohnung auch einen solchen schönen Platz geben wie diesen hier im Ferienlager. Ich wache seit ein paar Tagen früh auf und höre ringsum nichts. Ich nehme meine Sachen und verlasse leise das Zimmer. Ich wasche mich, ziehe mich an und gehe auf den Platz. Es riecht so gut. Ich atme und rieche die schöne Luft. Ich hätte einmal Lust, tagsüber irgendwohin zu gehen, wo es so gut riecht und wo es so schön still ist. Aber am Tag ist es heiß. Am Tag sind sehr viele Kinder unterwegs und die Erwachsenen und der Lagerleiter und meine Eltern auch. Jeder macht etwas, jeder sagt etwas, jeder läuft herum, die Plätze sind belegt, die Wege voll. Die Kinder, die herumlaufen, sind abbezahlt, sie sind jetzt frei, wie ihre Eltern auch. Sie können tun und lassen, was ihnen beliebt. Sie können fragen, ob man trotz fehlender Punkte in den Swimmingpool darf. Sie können sagen, ich möchte gern in den Swimmingpool, und sie dürfen auf eine Antwort warten. Sie können kichern und erzählen, daß im vorigen Jahr dieses und jenes geschah, und hoffen, daß es wieder passiert. Ich mag Wiederholungen nicht. Ich bin immer froh, wenn etwas vorbei ist. Außer frische Luft, danach sehne ich mich. Aber das will ich zu Hause nicht sagen, daß ich frische Luft mag. Dann geh doch raus, würde meine Mutter sagen, und nimm den Abfall mit runter. So ungefähr wäre der Satz. Ich will einmal ohne Abfalleimer herumlaufen, ohne etwas, aber das ist vielleicht zuviel verlangt. Wenn alle ringsum arbeiten, kann ich nicht spazierengehen. Wenn alles so teuer ist, kann ich nicht einen neuen Pullover haben wollen. Das ist alles schon vorbei, das ging, bevor ich kam. Meine Eltern hätten das Geld zum Sparen für das Auto verwendet, jetzt brauchen sie es für mich. Ich nehme ihnen etwas weg, und mir fällt nichts ein, wie ich es ihnen wiedergeben könnte. Ordnung ist auch etwas zum Sparen. Alles verschwindet im Schrank, gestapelt liegt es bereit und braucht nicht soviel Platz, als läge es auf einem Haufen herum. Ich bin bereit für einen neuen Ferienlagertag. Ich bin schon gewaschen, angezogen und munter. Ich bin pünktlich zum Essen im Saal. Abends unterhalte ich mich nicht mit den anderen Kindern, damit bald Ruhe ist. Dann schlafe ich ein, und es kommt wieder ein neuer kühler Morgen.

Das Ferienlager war nicht meine Idee.

Macht

Das Schlafzimmer wird am Wochenende lange gelüftet

Am Wochenende schüttelt meine Mutter die Federbetten mehrmals auf und öffnet vorher das Fenster, das bis Mittag offenbleibt

Wenn meine Eltern Gäste haben, mehr Personen in unsere Wohnung kommen als Kleiderbügel an der Garderobe hängen, legen meine Eltern die Mäntel der Gäste auf ihre Betten im Schlafzimmer, die Federbetten bedecken zur Hälfte gefaltet zwei Drittel des Bettes, das andere Drittel nehmen die zwei Kopfkissen ein, die, auch aufgeschüttelt, am Kopfende mehr stehen als liegen, unter den Federbetten verstaut meine Mutter die Nachthemden, die am Fensterkreuz hingen, solange das Schlafzimmer gelüftet wurde, und die dann nicht mehr nur nach Nacht, sondern auch nach der Luft von draußen riechen, die Nachthemden meiner Mutter sind lila, rosa, hellgelb, die meines Vaters hellblau oder weiß mit dunklen Paspeln an allen Kanten

Neben den Ehebetten stehen Nachtschränkchen mit einer Nachttischlampe, wenn eine Glühbirne kaputtgeht, wechselt meine Mutter sie gegen eine neue aus

Auf den Nachtschränkchen liegt eine Glasplatte, darunter ein weißes gehäkeltes oder gestricktes Deckchen, das meine Mutter nie wäscht, da es ja unter einer Glasscheibe ist

Auf dem schmalen Stückchen zwischen Glasplatte und Rand des Holzschränkchens sammeln sich Krümel, dunkle kleine Brösel, und ich denke, meine Mutter müßte öfter die Glasplatte anheben und das Holz abwischen, die Krümel beseitigen

Sie will nicht, daß man mit einem nassen Lappen über das Holz wischt, das will sie auf keinen Fall, aber ein trockener verteilt nur den Dreck, Staub fliegt herum, ohne daß man ihn sieht

Die Glasplatte hat mit der Zeit Flecken, durchsichtige Flecken, etwas trocknete, ein Tropfen oder was weiß ich

Die Glasplatte muß mit einem nassen Lappen abgewischt werden, nicht einfach mit einem nassen, sondern mit einem, der in Seifenwasser getaucht, immer wieder getaucht und dann ausgewrungen wird, Wasser mit Schaum, das eklig riecht, wenn man einige Stellen damit gewischt, wieder und wieder abgewischt hat

Wenn meine Mutter die Glasplatte mit einem nassen Lappen abwischt und dann mit einem trockenen abreibt, anhaucht und trockenreibt, legt sie das weiße Deckchen wieder darunter, ohne es gewaschen zu haben

Die Glasplatte hat zwei spitze und zwei abgerundete Ek-
ken, das gefällt mir am besten an der Glasplatte, die spit-
zen sind am hinteren Ende, die runden vorn, die Glas-
platte wurde extra für dieses Nachtschränkchen herge-
stellt, würde sie kaputtgehen, wüßte ich nicht, woher
meine Mutter eine neue besorgen sollte

Das Nachtschränkchen hat einen Schubkasten und eine
Tür, die sich nach außen öffnet, jeweils, es gibt also ein
Nachtschränkchen für links neben den Ehebetten und
eines für rechts

Im Schubkasten meines Vaters liegen Socken, zu Fäusten
ineinanderverschlungen, graue, dunkelblaue, braune, und
unter dem Schubkasten, im untersten der beiden Fächer,
befindet sich lediglich ein Schuhkarton mit Seidenpapier,
aber ohne Schuhe darin, auf einer der schmalen Seiten des
Kartons ist eine Zeichnung der Schuhe abgebildet, und
ich weiß, welche Schuhe in dem Karton waren, mein
Vater trägt sie täglich, die Zeichnung der Schuhe ist schö-
ner als die Schuhe selbst, auf jedem Schuhkarton ist eine
solche Zeichnung, und ich möchte alle Schuhe einmal se-
hen und berühren, die auf Schuhkartons abgebildet sind

Meine Mutter bewahrt in ihrem Schubkasten Tücher auf,
Tücher, die sie nie benutzt, und ich nicht weiß, woher die
Tücher sind, Geschenke oder aus ihrer Jugendzeit, und
ich habe alle Tücher auf dem Bett meiner Mutter ausge-
breitet, als die Federbetten zerknittert, das ganze Schlaf-
zimmer mit ihrem Geruch ausfüllend, zurückgeschlagen
über dem Fußende lagen, als ob man dem Bett einen

Kinnhaken versetzt hatte und es sich nun zurückbeugte und k.o. liegen blieb, die altmodischen langweiligen Tücher lagen auf dem zerwühlten Laken und eingedrückten Kopfkissen und sahen wie eine verlassene Landschaft aus, nach einem Erdbeben oder so was, Erdrutsch, was in unserer Gegend gar nicht vorkommt, und die Tücher rochen auch, anders als die Betten, sie rochen nach einer Art Staub, alter Staub, obwohl sich in einem geschlossenen Fach eigentlich kein Staub ansammeln kann, und in den beiden Fächern unter dem Schubkasten fand ich alte Fotos, in einem Schuhkarton, dessen Pappe so trocken wie gepreßtes Laub und die Kanten darum mehrfach eingerissen waren, meine Mutter bewahrt Fotos eigentlich in Alben und Briefumschlägen im Wohnzimmerbuffet auf, ich kannte die Leute auf den Fotos nicht, ich kannte auch die Schuhe nicht, die abgebildet waren

Vor beiden Betten liegt ein Bettvorleger und ich weiß nicht, wozu der da ist, außer die Hausschuhe darauf abstellen zu können und ihn hochheben zu müssen, wenn man in dem Schlafzimmer wischt

Im Schlafzimmer steht ein großer Spiegel, der Spiegel hat schmale Seitenspiegel, die beweglich sind, mit diesen Spiegeln, mit beiden im Wechsel, kann man sich von der Seite bis zur Rückseite betrachten, man zieht etwas an, etwas Neues oder etwas, was man selten anzieht, und dann sieht man sich selbst, als ob man seitlich neben sich oder hinter sich stünde

Klappt man die Seitenspiegel in einem bestimmten Winkel zueinander, wiederholt man sich darin öfter als man es zählen kann, das ist beängstigend an dem Spiegel

Das Möbelstück mit dem Spiegel ist eine Frisiertoilette, Kämme liegen in einer länglichen Schale, auch darin Krümel und Haare, und auch auf diesem Schränkchen liegt eine Glasplatte, auch dieses Schränkchen hat Schubfächer, zwei nebeneinander, und darunter größere Fächer, verschlossen mit einer Tür, weshalb man schlecht an dieser Frisiertoilette sitzt, die Knie stoßen an die Türen, aber davor stehen kann man gut, die Seitenspiegel bewegen und sich von allen Seiten betrachten, wenn man etwas angezogen hat und wissen möchte, wie es aussieht, meine Mutter tut das nie, auch mein Vater nicht, aber meine Schwestern dauernd, meine Schwestern und ich schlafen in einem Zimmer und meine Eltern in ihrem, aber wenn meine Schwestern ausgehen wollen, rennen sie in das Schlafzimmer meiner Eltern, bewegen die Seitenspiegel, immer wieder, gehen wieder zurück und ziehen etwas anderes an, ist eine allein, tut sie das stumm, sind sie zu zweit, kichern sie, winken ab mit so einer Handbewegung oder halten sich mit der Hand den Mund zu, so schrecklich sieht es aus, und nur wenn das Kleidungsstück neu ist, sind sie zufrieden und sagen dann, so kannst du gehen, aber hauptsächlich kichern sie, rennen zwischen den Zimmern hin und her, das Kleidungsstück während des Gehens überstreifend, sie schminken sich auch, das tun sie stehend, ihren Oberkörper von der Kante der Kommode an dem Spiegel zugeneigt, und es sieht aus wie eine geknickte Gerade, eine fälschlich geknickte Gerade, das Gesicht nah am Spiegel als seien sie fast blind, und sie sehen wirklich schöner aus danach, zurechtgemacht, und dann gehen sie fort

Ziehen meine Eltern sich an, brauchen sie die Frisiertoilette wie gesagt nicht, aber sie brauchen den Inhalt der Fächer, die Socken, ein Paar Socken, Unterwäsche, die in den Schubfächern der Frisiertoilette liegt, ein neues Hemd, das im Schrank hängt, oder auch einen Pullover, der auch im Schrank untergebracht ist, genauso wie die Bettlaken, -bezüge und Kopfkissen, die von einem hellblauen glatten Band zu einem Stapel zusammengehalten werden, und wenn meine Eltern sich anziehen, bringt meine Mutter ein frisches Hemd aus dem Schlafzimmer und auch die Unterwäsche und Socken und ihre Sachen, sie beginnen sich anzuziehen und dann sagt mein Vater, heute ist es doch kalt, ich ziehe die langen an, und meine Mutter sagt, so kalt ist es nicht, und zieht sich weiter an, und mein Vater sagt, doch es ist kalt, und er wirft seine Hände auf seinen Schoß, als ob er etwas abschütteln oder gar seine Hände abschütteln wollte, aber er hat nichts an oder in den Händen, er hat sich gerade gewaschen, und er kann schwerlich seine Gliedmaßen abschütteln, und so sagt er noch mal, aber mir ist es kalt, und meine Mutter steht auf, holt die langen Unterhosen aus dem Schlafzimmer, die im untersten Fach der Frisiertoilette liegen, meine Mutter redet weiter, wieviel Grad heute draußen sind und daß das kühle Wetter gerade anfängt und was er dann erst im richtigen Winter anziehen will und daß man sich auch mal zusammenreißen muß, und dabei schüttelt mein Vater seinen Kopf, nimmt die Unterhose und beginnt, sie sich von den Füßen an über die Beine zu streifen, dann sagt er, mir ist kalt, wenn es dir nicht kalt ist, geh doch im Badeanzug raus, und meine Mutter sagt, so ein Quatsch, das habe ich doch nicht gesagt, aber du mit deiner ewigen Friererei, man braucht ja doppelt soviel Unterwäsche mit dir, na und, sagt mein Vater, dafür reicht es doch wohl noch, ich mein doch nicht das Geld, sagt sie, aber die ganze Wäscherei, der Platz, der Aufwand, ob du nun eine lange oder eine kurze Unterhose wäschst und mir mal holst, sagt er, ist doch egal und einen Schrank haben wir doch oder wozu ist der da, als die Sachen da reinzutun, und meine Mutter sagt, du drehst einem immer das Wort im Mund rum, und mein Vater sagt zu mir, hilf mir mal, und er meint die Manschetten seines Hemdes, die er nicht zukriegt, weil er wütend ist und die kleinen Knöpfe nicht durch die kleinen Knopflöcher drücken kann, und ich schließe die Manschetten des Hemdes meines Vaters und denke, diese Knöpfe sind wirklich ziemlich klein für Männerhände, bei einer Frau und einer Bluse paßt es, da sind die Manschetten auch weich, aber die Manschetten eines Hemdes sind steif wie Karton, und mein Vater sagt zu mir, so und nun hol mir mal den Schuhanzieher, und meine Mutter sagt, kannst du nichts selbst, mußt du dauernd für alles jemanden anstellen, und mein Vater sagt, dann geh ich eben selber, und er schreit, aber ich bin schon auf dem Korridor und habe den Schuhanzieher in der Hand und weiß nicht, was ich machen soll, ob mit oder ohne Schuhanzieher zurückzugehen, da ist mein Vater auf dem Korridor, reißt mir das Ding aus der Hand und sagt, ich kann wohl alles selber machen, alles, und das merkt ihr euch ab heute, und meine Eltern ziehen sich an und so geht es meistens, wenn sie ausgehen wollen

Gehen sie nicht aus, aber ziehen sich anders an als von Montag bis Freitag, haben meine Eltern Gäste, es kommen mehr Personen als Kleiderbügel an der Garderobe hängen, und mein Vater knöpft die Manschetten nicht zu, sondern krempelt sie zweimal um, und meine Mutter vergißt, eine Kette zu tragen, das erwähnt sie danach, jetzt habe ich wieder vergessen, die schöne Kette umzulegen, es wird sehr viel wärmer in der Wohnung, es muß dauernd gelüftet werden, das Klo wird oft benutzt, und Mäntel, Jacken, Hüte und Tücher liegen wie ausgezutscht auf den aufgeblasenen Federbetten im gelüfteten Schlafzimmer, klingeln, begrüßen, warte ich helfe dir, laß die Schuhe an, kommt rein, so geht das bis alle da sind und die Wohnung, außer das Schlafzimmer, dessen Tür den ganzen Abend über geschlossen bleibt, ist voller Stimmen, Gelächter, Rauch, Essen, Bier und Wein, und alle gehen sehr spät durch die Wohnungstür, auf Wiedersehen, kommt gut nach Hause, wieder fort, aber solange sie da sind, holen meine Schwestern, o entschuldige, einen Aschenbecher aus der Küche oder die vergessenen Servietten aus dem Wohnzimmerbuffet, heute gibt es mal Servietten, sie schieben fix den Stuhl nach hinten, stehen auf und holen das Vergessene, sie rennen fast, was in Hausschuhen nicht wirklich geht, aber das Vermißte ist bald auf dem Tisch, danke, und manchmal muß einer gar nicht sagen, was ihm fehlt, aber meine Schwestern oder meine Mutter sehen es und sagen zum Beispiel, ach du hast ja gar kein Glas, dir hat man das Buttermesser zugeteilt, hier ist der Öffner, und dann stehen sie auf und bringen das Gewünschte, das gar nicht ausgesprochen worden war, und alle freuen sich und die Unterbrechung war so kurz, daß sie kaum auffiel, sie haben sich ja auch beeilt, es soll überhaupt nicht soviel auffallen, der Fleck auf dem Rock nicht, den sieht man doch kaum, der Wirbel am Hinterkopf, wer guckt schon so genau hin, die altmodischen Kragenecken der Bluse, viel zu lang, viel zu kurz, einmal geht das noch, und alles fällt nicht so auf und die Freude ist groß

Manchmal ist die Freude gedämpft, wenn einer oder eine von der Arbeit erzählt, was da wieder passiert ist, was der wieder gesagt hat, was angeordnet wurde und getan werden mußte, und man hat es schon hundertmal gesagt, aber es wird ja nicht gehört, jetzt hat man aufgegeben, man macht sich nicht zum Idioten, man ist nicht immer der Dumme, der am Ende zusehen muß, aber jetzt ist Schluß, einmal ist Schluß, und um den Tisch herum sagt jeder, genau, und nickt, oder kaut am Brot und nickt und das Besteck aufrecht in der Hand dabei, und alle stimmen zu, weil es ja auch stimmt, ganz egal was man macht, sieht eh keiner, auch wenn man sich abrackert, sieht einfach keiner und dann kann man es gleich lassen und ein bißchen ruhiger leben, das geht auch, man macht es mal wie die, denen alles am Arsch vorbeigeht, aber Walter, na ist doch wahr, erinnere dich doch an die Geschichte mit dem, wie hieß der noch mal, na ist auch egal wie der hieß, und dann erzählt Walter diese Geschichte auch noch, und der Namenlose ist ein junger Mann, der entweder mufflig ist oder die Weiber permanent anmacht als wäre er Gottweißwer, der entweder gar nicht arbeitet oder wie ein Berserker neue Methoden einführt, und diese Methoden kennt man ja, der auf jeden Fall die große Klappe hat im Moment wo's was zu holen gibt, aber nichts dahinter, und Walter kommt mit der Geschichte nicht ganz zu Ende, weil jemand am Tisch eine ähnliche Geschichte weiß, die aber folgende Besonderheit hat, die man nun wirklich noch nicht gehört hat, das müßt ihr euch mal anhören, und dann hören alle zu

Und als der Mann das erste Mal in unsere Wohnung kam, war das ein anderer Besuch als sonst, meine Eltern sagten zwar, kommen Sie rein, und so weiter, aber sie kamen nicht dazu zu sagen, lassen Sie nur Ihre Schuhe an, weil der Mann in das Wohnzimmer stiefelte, als ob man es ihm befohlen hätte und er weder nach rechts noch nach links sehen dürfe dabei, und so setzte er sich auch gleich, was meinen Eltern den nächsten Satz ersparte, aber, wollen Sie Kaffee, konnte meine Mutter noch sagen, und die Stimme des Mannes war laut, zu laut für das Wohnzimmer, und die Gemütlichkeit wurde anstrengend, denn alle tranken zwar Kaffee und es gab Kuchen und sie unterhielten sich, aber weil der Mann immer etwas tat, ohne den Satz vorher abgewartet zu haben, rutschten lauter Lücken in die Unterhaltung, in das ganze Zimmer, in den ganzen Nachmittag, es fehlte immer mehr, und als der Mann wieder ging, schüttelten meine Eltern mit dem Kopf

Diesen Mann hat eine meiner Schwestern heute vormittag geheiratet und im Schlafzimmer liegen die Sachen nicht nur auf den Betten, die Mäntel hängen auf Kleiderbügeln am Schrank, der Fußboden ist voller Taschen, das Schlafzimmer sieht aus wie eine Kostümkammer im Theater, und plötzlich war ich mit dem Mann meiner Schwester, der seit heute vormittag mein Schwager ist, allein in dem Zimmer, und ich dachte, jetzt wird er gleich was Lautes sagen oder einen Satz überspringen, und ich muß wissen, was genau er übersprungen hat, und dann mache ich trotzdem das Falsche, und ich überlegte für einen Moment, wie ich mit ihm überhaupt in das Zimmer geraten war, als er etwas aus seiner Jackettasche nehmen wollte und dann auf einmal lauter Kleingeld auf den Fußboden fiel, und ich bückte mich sofort, aber es war gar nicht so einfach, das Geld aufzuheben, weil es hinter die Taschen, unter den Schrank, die Betten und Frisiertoilette rollte, und es war ziemlich viel Geld, ich hatte etwas von einem Hochzeitsbrauch gehört, jedenfalls rollte lauter Kleingeld durch das vollgestopfte Schlafzimmer, und ich bückte mich und sagte, o Entschuldigung, und ich dachte, Scheiße, wofür Entschuldigung, ich habe das Geld nicht runtergeschmissen, und versuchte, schnell das Kleingeld wieder einzusammeln, und der Mann meiner Schwester hatte sich auch schon gebückt und wir hockten auf dem Fußboden, langten mit dem Arm unter den Schrank, unter die Betten und ich gab ihm das Geld sofort zurück, und er steckte es wieder in seine Jackettasche und lachte ein bißchen, ganz kurz nur, und ich hatte ihn noch nie lachen hören, und ich denke, wir haben nicht das ganze Geld erwischt, wenn meine Mutter das Zimmer demnächst wieder mit dem Schrubber saubermacht, wird sie unter den Möbeln noch etwas finden, aber das ist jetzt egal, schließlich ist heute Hochzeit, und alle sind schon den ganzen Tag nervös.

Versuchung

Die Johannisbeeren hat mein Vater gestern bestimmt poliert. Er saß in der Sonne vor dem Haus, den Korb auf dem Schoß, und hat sie einzeln mit dem Putzlappen meiner Mutter abgestaubt. Ganz vorsichtig. So wie er auch jeden Apfel und jede Birne in die Hand nimmt, wenn er sie vom Baum pflückt. Manchmal rutscht ihm eine Frucht durch die Hand, schlägt im Fallen auf der Leitersprosse auf und kriegt eine Platzwunde. Obst heilt nicht. Mein Vater steigt dann schnell die Leiter hinunter, als ob er noch etwas retten könnte, und schimpft. Über sich selbst, und dann trägt er den aufgeplatzten Apfel oder die Birne auf ein Fensterbrett, das gerade im Schatten liegt. Weg vom Unfallort sozusagen. Er steigt wieder die Leiter hinauf und postiert mich darunter. Ich soll die herabfallenden Früchte auffangen. Ich bin nicht die Goldmarie, ich recke nicht meinen Hals die ganze Zeit nach oben, sondern stehe und drehe mich langsam, damit es mein Vater nicht merkt. Gras, Blumenrabatten, Gras, Mülltonne, Gemüsebeete, Komposthaufen, Gras und das Haus. Ein normaler langweiliger Garten. Alle Gärten sind langweilig. Außer denen mit Swimmingpool oder einem Haus, das sich an den Gartenzaun quetscht. Aber so sieht es bei uns nicht aus. Mein Vater schreit auf, und ein Apfel fällt auf der anderen Seite der Leiter dumpf ins Gras. Keinen Riß, aber eine braune Stelle wird er kriegen.

Du sollst auffangen, sagt mein Vater, die fallen so schnell, sage ich. Manchmal geht er in den Keller und guckt sich die Birnen und Äpfel in den Stiegen an. Er nimmt jedes Obst in die Hand und sagt zu mir, die müssen mit dem Stiel nach unten liegen. Findet er eine faule Frucht, schneidet er die matschige Stelle heraus, gibt mir die Hälfte und wir essen den Apfel. Wenn es zu viele sind, trotz der nach unten hängenden Stiele, bäckt meine Mutter einen Kuchen. Sie gießt Vanillepudding darüber, macht Streusel drauf und wir essen ihn fast warm.

Mein Vater hat gestern die Johannisbeeren gepflückt, während ich mit meiner Mutter einen Ausflug gemacht habe. Im Winter hatte sie gesagt, wenn wieder schönes Wetter ist, fahren wir nach Karlovy Vary. Gestern waren wir da, gestern war ich im Ausland. Morgens sagte sie, ich ziehe den Übergangsmantel an. Wieso heißt der eigentlich Übergangsmantel, habe ich gefragt und sie sagte, das heißt eben so. Warum ist das nicht ein Frühjahrs- oder Herbstmantel? Frag mich nicht immer solche Sachen, hat sie dann gesagt.

Seit dem Aufstehen hat meine Mutter heute kaum gesprochen. Wir deckten den Tisch, und sie meinte, Guten Morgen. Aber genausogut hätte sie auch Kabeltrommel oder Gartenschere sagen können. Nun muß wieder ein halber Tag mit Essenkochen und Unkrautjäten vergehen, bis sie einfach, wo ist das Brotmesser, sagt oder, ich muß den Kühlschrank abtauen, bring das in den Keller. Ich frage und sage nichts, heute nicht. Es ist Sonntag, die Tagesreise war ihre Idee, bald sind Ferien. Irgendwann beruhigt sie sich immer.

Wir frühstücken. Ich esse die polierten Johannisbeeren. Ein frischer Hügel auf einem Eßlöffel. Mein Mund ist voller roter Perlen. Ich beiße zu, es knackt und die Säure schießt in meinen Mund. Ringsum bleibt alles still, nur die übliche Sommerluft. Wir frühstücken draußen. Das machen wir jeden Sonntag, seitdem wir hier wohnen. Kurz hinter dem Grundstück steht ein gelbes Schild, auf dem der Name unserer Stadt rot durchgestrichen ist. Endlich hier raus, hatte meine Mutter zu einer ehemaligen Nachbarin gesagt. Ich muß nun mit dem Fahrrad in die Schule fahren. Da nimmst du vielleicht ab, hat der Sportlehrer mir zugerufen. Meine Oberschenkel drücken sich in die Ritzen des Gartenstuhls und ich esse Johannisbeeren. Mein Vater quetscht mit dem Messer die Leberwurst aus der Schale und meine Mutter sagt, schneide sie doch ab. Sie liest in der wöchentlichen Frauenzeitung und schlägt damit nach den Fliegen und Wespen.

Gras, Bäume, Insekten. Mehr gibt es hier nicht. Hinter dem Gartenzaun stehen die nächsten Häuser und meine Eltern winken den Besitzern. Die Nachbarn haben fünf Jahre zugesehen, wie meine Eltern ein Haus bauten. Mein Vater stellte den Maurern Bierkästen hin und meine Mutter briet Schnitzel für sie. Am Ende waren die Wände schief und der Putz wird nicht draufpassen. Meine Eltern haben ein Haus und meine Mutter trägt ein Foto davon in ihrem Portemonnaie. Wenn sie in der Kaufhalle an der Kasse steht und das Geld bereithält, sieht jede hinter ihr stehende Frau das Haus meiner Eltern. Früher sagte sie, wir haben einen Garten. Jetzt heißt ihr Satz, wir haben ein Grundstück mit einem Haus. Mein Vater hat ein Foto von mir in seiner Brieftasche, auf dem ich in Babywäsche im Kinderwagen liege. Aber mein Vater geht nicht einkaufen, er zeigt das Foto mir und sagt, guck mal, wie süß du warst. Er führt mich zum Gemüsebeet und sagt, guck mal, die schönen Möhren, soll ich dir eine rausmachen, oder einen Kohlrabi? Er zeigt mir jeden Baum im Garten und sagt, die hat mein Vater veredelt. Was, veredelt? Ja, er hat einen Wildling an der Landstraße ausgegraben und im Garten eingepflanzt. Als der Baum größer war, hat er sich von einer anderen Sorte ein Reis geben lassen und diesen mit Wachs und Bast an seinem Baum befestigt. Sieh mal, hier ist die Stelle. Der Baum hat eine Wunde. Ein wulstiger brauner Ring, es sieht wie eine Verletzung aus, ein angesetzter Arm. Und hier ist die nächste Stelle. Zwei Sorten? Nein, drei. Der Baum selber ist Gute Luise und mein Vater hat ihn mit Klapps Liebling und Herzogin Elsa veredelt. Drei Birnensorten an einem Baum. Drei Fremde in einem Haus. Wir wohnten früher mit sieben Familien in einem Haus an der Straße. Die im dritten Stock wischten manchmal samstags die Treppe nicht und die Leute regten sich auf. Meine Mutter putzte jede Woche das Treppenfenster und sagte, Frau Schröder macht das auch. Einmal habe ich mich vor den zweimal veredelten Baum gestellt und gewartet, ob man etwas hört. Grüne Zweige singen, wenn man sie ins Feuer wirft, Äste knakken, wenn man sie übers Knie bricht, und ich dachte vielleicht weinen die Reiser, weil ihnen die Schnittstelle noch immer weh tut. Sie vermissen ihren ursprünglichen Baum und flüstern, ich möchte zurück. Oder die Gute Luise ist gar nicht gut und schimpft, ihr habt eine viel zu rauhe Schale, und alle geraten in Aufregung wie ich in Chemie an der Tafel, wenn mein Vater sich mit der Leiter nähert. Jeder braucht Saft aus dem Stamm und saugt wie verrückt, sie streiten sich und schreien sich an. Die Blätter zittern und rufen, hört auf, hört auf, wir spenden Schatten. Aber es blieb still. Vielleicht ist es ringsum doch zu laut, tierisch laut. Spatzen, Elstern, Bienen, Hornissen und selbst Ameisen werden Lärm machen, wenn man bedenkt, in welchen Massen sie über die Wege ziehen. Wahrscheinlich gibt es auch Mäuse. Laub raschelt.

Mein Großvater pflanzte veredelte Bäume und meine Eltern bauten ein Haus. Für mich bleibt nichts mehr zu tun. Ich will hier nichts tun, ich will nicht mein Leben so weit draußen verbringen. Ich will in der Stadt wohnen, Besuch haben und reisen. So wie gestern. Einen Tag nach Karlovy Vary und man kann hinterher etwas erzählen, was die anderen auch interessiert. Obwohl meine Mutter schweigend in der Zeitschrift blättert und mein Vater nur von den Johannisbeeren erzählte. Ich weiß, was meine Mutter denkt. Sie denkt an ihre zerbrochene Teeflasche. Sie denkt, ich saß daneben und hätte es deshalb verhindern können. Aber das stimmt nicht. Das süße Zeug verteilte sich wie eine Blutlache in einem Krimi auf den Fliesen, und ich dachte nun für immer in Karlovy Vary bleiben zu müssen, weil ich nicht tschechisch spreche, weil etwas kaputtgegangen ist und man einen Liter Zuckerzeug niemals aufwischen kann. Aber wir sind wieder zurückgekommen. Es ist eigentlich nichts passiert. Das Haus ist bis auf den Putz fast fertig und meine Eltern schweigen. Wären wir in unserer alten Wohnung geblieben, würden wir das Nachbarkind hinter der Wand Flöte üben hören und ich würde bestimmt bald jemanden kennenlernen. So wie meine Eltern sich in unserem Stadtteil beim Tanzen begegneten. Bisher treffe ich nur die Mädchen und Jungs aus meiner Klasse und ich weiß nicht, ob die jemals bis hierher kommen werden. Einige wohnen mit ihren Eltern auch in einem Einfamilienhaus, aber die Straßenbahn fährt bei ihnen fast bis vor die Haustür und auf der Rückseite des Hauses gibt es eine Terrassentür mit ziemlich kleinen Glasscheiben, die die Töchter dauernd putzen müssen. Wir haben keine Terrasse. Ich muß nicht saubermachen. Aber ich soll mit meiner Mutter gerade Linien in den Putz ritzen. Die Wände sind schief, der Mörtel würde einmal wie in einer Mulde, an einer anderen Stelle wie ein Schwalbennest auf den Ziegeln kleben. Mein Vater sagte, er wirft ihn unregelmäßig und ohne glattzureiben an die Wände, und unsere Striche sehen dann wie ein Muster aus. Diese Arbeit wird den ganzen Sommer über dauern und vielleicht sollte ich meine Klasse zum Schlagballweitwurf einladen. Am Tor steht die Wanne mit dem Mörtel. Eine ganze Klasse kommt, begrüßt mich, es gibt Cola und Kuchen, wir sind laut und jeder darf eine Handvoll matschigen Putz greifen. Sie stellen sich in einer Reihe an und zielen und werfen das graue Zeug auf das Haus meiner Eltern. Sie sagen, toll, zu mir und, das müssen wir wieder einmal machen und ein Junge umarmt mich und wir lachen. Meine Eltern gehen in den Keller, weil sie nichts abkriegen wollen und warten dort unten auf das Ende der Feier. Am nächsten Morgen ist die Fassade fertig, sie steigen die Kellertreppe hinauf und sehen sich schweigend das Ergebnis an.

Wer zieht Grenzen? Die zur ČSSR verläuft mitten durch den Wald, nur Bäume und Waldboden, und trotzdem zittert sie sich über die Landkarte. Schlängelt sie sich um die Baumstämme? Eine Grenze im Wald. Der Zug hielt und unsere Ausweise wurden kontrolliert. Meine Mutter und zwei Frauen hielten sie fest zwischen Daumen und Zeigefinger, nur der Junge kramte seinen aus der Gesäßtasche hervor, als ob er erst in diesem Moment von der Kontrolle erfahren würde. Meine Mutter deckt eine Stunde bevor Besuch kommt den Kaffeetisch, mein Vater muß eine schwarze Hose anziehen und guckt im Sonntagsstaat Fernsehen, ich soll auf keinen Fall vergessen, danke, zu sagen und werde zur Tante geschoben. Der Junge hatte in der Ecke gesessen und meistens die Augen geschlossen. So konnte er mich nicht sehen und meine Fragen erraten, was machst du in Karlovy Vary?, willst du einkaufen?, warst du schon mal da, wollen wir zusammen gehen? Ich kann mir nicht vorstellen, daß er wirklich schlief, die Frauen unterhielten sich, als ob jede von ihnen auf der anderen Straßenseite stünde, und eine jedenfalls erzählte meiner Mutter von diesem Tee, der schon gesüßt und mit Rum versetzt sei, wie Sirup aussehe und nur mit heißem oder kaltem Wasser aufgegossen werden müsse. Er wäre eine schnelle Erfrischung, und nachdem der Polizist den Ausweis des Jungen betrachtet und lange in einer Liste geblättert hatte, sagte er zu ihm, Sie waren einmal republikflüchtig, kommen Sie bitte mit. Wir erhielten unsere Ausweise zurück. Die Frauen bedanken sich laut und lächelnd, und ich wollte meine Mutter fragen, ob sie glaubt, eine Zensur dafür zu bekommen. Ich wollte außerdem wissen, was republikflüchtig bedeutet, aber die Frauen flüsterten eine Weile miteinander und dann vergaß ich die Frage. Der Zug setzte sich sehr langsam in Bewegung. Als ob er nach der Unterbrechung kaum noch Kraft dazu hätte und nur zum Schein den Reisenden Zeit ließe, sich an den neuen Ort zu gewöhnen. Als wir auf dem Bahnhofsvorplatz standen, sagte meine Mutter, wohin jetzt bloß? Da steht es, sagte ich, wo?, dort!, centrum. Sie ging los. Der Bahnhof in Karlovy Vary liegt erhöht, und man kann sich einbilden, auf die Stadt zu schauen. Auf unsere Stadt kann man nicht von oben blicken, die Straßen sind lang und eng, man sähe sicherlich nur Dächer und Gräben dazwischen. Aber in Karlovy Vary wächst eine Menge Grün, Häuser wie bei einer Modelleisenbahn ragen heraus, ringsum Berge, es sieht wie in einem gemütlichen Wohnzimmer aus. Meine Mutter lief und ich versuchte mich bei dem Tempo umzublicken. Brücken, Flüsse, Eisenbahnschienen, große Häuser, helle Farben. Und ich dachte, vielleicht kann ich in dieser schönen Stadt die weißen Kniestrümpfe bekommen, die so viele Mädchen schon haben, und ich sah auch schon eines damit, und ich dachte, auf dieser Reise sind bestimmt ein paar Kronen für mich übrig.

Meine Mutter lief. Balkone mit schmiedeeisernem Geländer, verzierte Säulen, Hotels mit großem Eingang, überdachte Wege, diese Stadt war zum Spazieren da und meine Mutter lief. Ich zeigte auf ein Geschäft und sagte, das heißt, Selbstbedienung. Woher willst du das wissen? Das ist fast dasselbe Wort wie im Russischen, und meine Mutter sagte, wir gehen rein. Wollen wir uns nicht erst die Stadt ansehen, fragte ich, und sie meinte, na ja, aber einkaufen will ich auch. Wir haben den ganzen Tag Zeit, sagte ich, worauf sie meinte, den Tee darf ich nicht vergessen. Ein Café heißt Elefant, und es sieht dort aus wie im Film. In einem Schaufenster liegt ein rotes Kostüm mit passendem Hut, das Wort Bar gibt es auch im Tschechischen, Ehepaare schlendern am Fluß entlang und lächeln dauernd und hinter der Kurve steht ein Grandhotel. Weiß und riesig thront es in der Sonne. Das ist mein erstes Grandhotel, im Ausland gibt es Grandhotels. Wir können umkehren, sagt meine Mutter, wieso denn, da drüben geht der Weg wieder zurück, woher willst du denn das immer wissen, das konnte man sehen, auf dieser Seite des Flusses führt ein Weg und auf der anderen ebenso, dahinten ist eine Brücke. Meine Mutter überholt mich wortlos und läuft wie sie das die ganze Zeit macht. Schreibwarengeschäft, Kühlschränke und Elektroherde, Institut für irgendwas, ein Strumpfladen.

Wollen wir reingehen? Ich denke, du willst nicht, natürlich will ich, aber die schweren Sachen können wir zuletzt kaufen, ich will nur was gucken, und bin schon drin, meine Mutter folgt mir. Feinstrumpfhosen, Herrensocken, Kinderstrümpfe, ich nehme ein Paar Kniestrümpfe und sage, bjelii?, die Verkäuferin zeigt fragend auf mich und ich sage, da, und die Frau sagt, ne. Meine Mutter nimmt ein Paar braune Herrensocken und legt sie auf die Theke, sie stopft doch sowieso dauernd, die Verkäuferin nimmt sie, drückt Tasten in der Kasse und sagt eine Zahl. Was?, wendet sich meine Mutter an mich und ich sage, ich kann nicht tschechisch, irgendwas mit sechs, leg den Fünfzigkronenschein hin. Meine Mutter macht den Reißverschluß ihrer Tasche auf, greift nach dem Portemonnaie, öffnet die Klappe, da ist das Hausfoto, sie zieht vorsichtig einen Geldschein heraus und ich verlasse den Laden. Draußen scheint immer noch die Sonne, aber es ist viel zu hell. Alles blendet. Der Fluß, der eher ein breitgelaufener Bach ist, rauscht vorbei, als ob nie etwas passierte. Karlovy Vary ist eine Kurstadt, Kranke sollen sich nicht aufregen. Meine Mutter kommt, schließt den Reißverschluß, und ich sage, wenn wir bald einkaufen, schaffen wir es bequem zum Zug, da vorn ist die Brücke. Gut, sagt meine Mutter, henkelt die Tasche auf ihren Arm und läuft los. Was denkt sie nur? Butter, Fischdosen, Wurst? Sie war doch auch einmal jung. War Lebensmittel einkaufen zu ihrer Zeit Mode? Haben sie sich darüber beim Tanzen unterhalten? Was willst du einkaufen? Ölsardinen, Tomatenmark, ich weiß noch nicht genau. Auf jeden Fall diesen Tee, von dem die Frau erzählt hat.

Eine tschechische Kaufhalle. Die Verpackungen knistern, fremde Wörter in Orange, Gelb, Hellblau. Honig nehmen wir auch mit, sagt meine Mutter. Eine Pyramide aus Oblatenkartons, pack welche ein, ich lege drei Pakete in den Korb, was kosten die Ölsardinen?, nicht mehr als unsere Fischdosen, meine Mutter nimmt fünf Konserven, es gibt gezuckerte Kondensmilch!, sicher?, ja, mléko heißt Milch, cukr Zucker, nimm eine Tube, hast du diesen Tee gesehen?, nein, was ist das für Zeug, Tee eben, eine Art Konzentrat. Meine Mutter steht vor den Regalen, als ob es verboten wäre etwas zu berühren. Ich fasse alles an und erzähle, was es sein könnte. Wollen wir Vati eine Flasche Bier mitnehmen, wenn es nicht zu schwer wird, ja, ach nein. Hier ist Tee, caj, die schreiben was von Konzentrat und Wasser, zeig mal, meine Mutter nimmt die Flasche und sieht auf das Etikett. Was kostet die? Sieben Mark ungefähr, sieben Mark?, wenn es Konzentrat ist, reicht das ewig, wieviel ist drin, ein Liter, na gut. Ich hole noch einen Korb, wir stehen an der Kasse, meine Mutter hält das Portemonnaie bereit. Wir packen drei Beutel voll. Wir haben noch Zeit. Da vorn ist ein Café, im Ausland gibt es Cafés in Kaufhallen, das ist zu teuer, sagt meine Mutter, das sind Deutsche, sage ich, sieh nur, sie essen ihre mitgebrachten Schnitten. Ich müßte aufs Klo, sagt meine Mutter, dann geh, ich bleibe bei den Taschen und dann essen wir eine Oblate. Wir setzen uns. Meine Mutter stellt die Beutel ab. Sie rutschen auf die Seite und ich sage, hänge sie doch auf die Rückenlehne. Ich klemme den dritten Beutel zwischen meine Waden, krame nach einer Oblatenschachtel, meine Mutter setzt sich und schiebt die Henkel auf die Lehne. Ich reiße eine Schachtel auf, ziehe eine Oblate heraus, meine Mutter sagt, ich gehe, Zucker krümelt auf meine Hose, wo ist das Klo?, ich drehe mich, da, meine Mutter erhebt sich ein wenig und setzt sich sofort wieder, du paßt auf!, jaaa, sage ich und beiße in eine Oblate. Dann ist sie aufgestanden und alles geschah in Zeitlupe. Die Beutel zogen den Stuhl nach hinten wie die Arme eines Turmspringers, der die Knie durchgedrückt zum Salto rückwärts ins Schwimmbecken ansetzt. Der Stuhl kippte langsam und still, als ob er das schon immer einmal machen wollte, heimlich umfallen, damit niemand etwas merkt. Er knallte korrekt auf die harten Fliesen. Aber die Taschen waren keine Kissen oder dicke Hintern, sie landeten auf dem Boden wie Geschosse. Es klirrte. Augenblicklich sickerte etwas durch den Stoff, und auf dem tschechischen Kaufhallenboden verteilte sich eine ölig-dicke braune Flüssigkeit. Ein süßer Duft stieg vom Boden auf und ich schmeckte Papier mit Zucker in meinem Mund. Meine Mutter schlug ihre Hände vors Gesicht, rief, der schöne Tee!, der schöne Tee!, und ich dachte, was kann das schon gewesen sein, Tee gibt es überall, und meine Mutter sah sich in dem Café um, und die Leute guckten nach unten auf den braunen Fleck und sagten nichts. Ich legte die Oblate auf den Tisch und sagte, du hast nicht aufgepaßt. Meine Mutter starrte mich an und sagte, wie kann ich das wieder saubermachen? Ich wollte irgendwoher einen Lappen holen, aber da kam schon eine Verkäuferin mit einem Eimer und begann zu wischen. Danke, danke, sagte meine Mutter immer wieder und holte die Scherben aus dem Teebeutel. Sie stapelte die klebrigen Ölsardinenbüchsen auf den Boden und wiederholte, das ist nett, daß Sie hier wischen. Sie versteht dich nicht, sagte ich und sah, daß die tschechische Frau meine Mutter anlächelte. Dafür lächelte ich die Verkäuferin an. Ich hob den anderen Beutel aus der Lache und sagte, ich halte den jetzt mal. Ja, sagte meine Mutter und legte die Scherben auf die Kehrschaufel. Ich aß die Oblate. Die Frau wischte, ging fort und kam mit einem Eimer frischen Wassers wieder. Meine Mutter sagte, soll ich ihr was geben?, nein, sagte ich und dachte, wieso, es passiert in ihrer Arbeitszeit. Das Teekonzentrat war weggewischt. Die Fliesen glänzten naß. Der Geruch hing wie Gas in der Luft. Meine Mutter legte die Fischkonserven in den teegetränkten Beutel, setzte sich wieder und hielt ihn so in der Hand, daß er auf dem Boden auflag. Du wolltest aufs Klo. Jetzt nicht mehr, wir müssen zum Zug. Für eine zweite Flasche reicht das Geld nicht. Schade, der schöne Tee. Na los, gehen wir. Meine Mutter stand auf und hielt den Beutel so fern wie möglich von ihrem Übergangsmantel, ich trug die beiden anderen Taschen. Die Schuhsohlen meiner Mutter klebten auf den

Fliesen und sie sagte, auch das noch. Vielleicht ist draußen eine Pfütze, sagte ich. Aber auf dem Rückweg zum Bahnhof gab es keine Pfützen. Alles lag im Sonnenschein. Meine Mutter hielt den Beutel vom Körper fern und versuchte ab und zu den Rest Teekonzentrat von ihren Schuhsohlen auf dem trockenen Asphalt abzureiben. Sie begann zu fluchen. Ich wurde durstig und schmeckte gezuckerte Oblaten. Auf dem Bahnsteig suchte ich die Toilette, trank Wasser und erklärte meiner Mutter den Weg.

Auf der Rückfahrt habe ich die Grenze verschlafen. Ich weiß nicht, weshalb ich so müde war, ich erwachte kurz vor der Ankunft und wollte meiner Mutter erzählen, was ich geträumt hatte, aber es waren sowieso nur Bruchstücke. Jemand sagte dauernd, ich habe dich zum Fressen gern, zu mir und knutschte mich wie man einen reifen Pfirsich auszutscht. Kirschen hingen auf meinen Ohren und ich hörte ständig, du hast Schnittlauchlocken. Ich steckte mir Mandelbaumblüten ins Haar und hatte knorpelige Arme und Beine wie ein alter Baum. Deine Augen sind grün wie Stachelbeeren, rief jemand und zog sie einzeln mit einer Nadel auf einer Kette auf. Es stach im ganzen Kopf, ich schrie, wurde augenblicklich wach und hatte schon wieder Durst.

Wir frühstücken und ich esse die Johannisbeeren. Ich habe die Tube mit der gezuckerten Kondensmilch über die Johannisbeeren gehalten und so viel darüberfließen lassen, bis jede bedeckt war. Ich habe die Oblaten auf den Tisch gelegt, und mein Vater fragt, was ist das? Ich sage Oblaten, probier mal, und er sagt, später. Habt ihr sonst noch etwas mitgebracht?, fragt er, und ich sage, Ölsardinen. Die essen wir zu deinem Geburtstag, sagt meine Mutter, ohne den Blick von der Zeitschrift zu heben. Die Flasche mit dem Tee ist kaputtgegangen, sage ich, welche Flasche?, fragt er und ich erzähle ihm, wie der Stuhl umfiel und wie wir vorher die Regale nach diesem Zeug abgesucht hatten und wie wir davor spazieren waren, auf dem Hügel standen und auf Karlovy Vary blickten, wie im Zug ein Junge abgeführt wurde und zuvor eine Frau die ganze Zeit von diesem Tee geredet hat. Ich erzähle ihm, daß es nicht meine Idee war, nach Karlovy Vary zu fahren, sondern die meiner Mutter. Daß sie also schuld ist. Daß sie etwas wollte, von dem sie vorher gar nicht wußte, daß es existiert, und ich ihr auch noch sagte, was Tee auf Tschechisch heißen könnte und daß das Wort Selbstbedienung im Russischen ziemlich ähnlich klingt, daß alles kaputtgegangen ist und ich zugesehen habe und den Sturz hätte aufhalten können, wenn ich gewollt hätte, aber ich weiß nicht, warum es so gekommen ist und in dieser verdammten Stille könnte mal ein anderer reden als ich und nicht dauernd nur die Bäume und verstorbenen Großväter und schiefen Wände und dann wäre meine Mutter nicht so sauer über den Verlust von süßem konzentriertem Tee und wir könnten uns ein bißchen freuen über ein Haus, daß so weit draußenliegt, wo uns niemand stören kann. Aber ich sage nur, so einen Tee, den man nur mit Wasser aufschütten muß, und mein Vater sagt, ach so und ich nehme den nächsten Löffel Johannisbeeren. Die Früchte sind Edelsteine, so rot und glänzend. Ich kaue. Weiße gezuckerte Kondensmilch fließt über zertrümmerte Perlen. Ich nehme noch einen Löffel, die zähe Süße mischt sich mit der Säure, mir treibt es trotzdem Tränen in die Augen, und mein Vater fragt, weinst du? Nein, die sind so sauer, sage ich, und er nimmt einen Löffel aus meiner Schale, balanciert ihn über den Tisch, schluckt, kaut und sagt, die sind doch nicht sauer.

Kontaktsperre

Ich dachte an die Buttercreme, als Edith sagte, komm uns doch besuchen in den Herbstferien. Mein Vater sah sie überrascht an, und sie sagte, du kannst eine Woche bleiben, wenn du möchtest. Wir schlachten am Sonnabend. Schlachten?, sagte mein Vater, ja, sagte Edith, das ist doch mal was für deine Tochter, oder? Ja, sagte er und sah zu mir. Er zog die Augenbrauen hoch, als ob er sagen wollte, erinnerst du dich, die Besuche, die Geburtstage, Onkel Max, Tante Lehne, Gustaf, Friedrich. Ich erinnerte mich an die hintereinander aufgestellten Tische und die Kreise bunter Torten darauf. Ich hörte das Durcheinander von Stimmen. Leute saßen auf dunklen Stühlen und ein kurzes Stück der Lehne ragte über ihren Schultern hinaus. Und ich dachte an die Buttercreme. Ich dachte an die blaß-gelben Verzierungen, an die Schichten zwischen dem Teig. Ich könnte Edith helfen, die Masse aus Butter und Pudding zu rühren und würde die Reste aus der Schüssel und vom Messer ablecken und lernen, wie man die Creme aus der Tüte auf die Torten drückt. Ja, ich komme, sagte ich, und mein Vater sagte schnell, ich bring sie hin, als ob es sich seine Cousine im letzten Moment noch anders überlegen könnte. Nein, nein, sagte sie, Werner muß am Montag zur Holzhandlung und auf dem Rückweg holt er deine Tochter ab. Gut, Werner holt sie ab, wiederholte mein Vater und nickte ein paarmal.

Sie sprachen dann von Verschneiden und Teeren, Umgraben. Sie sagten winterfest, abdichten, Haarrisse, früh. Ich freute mich auf Montag und überlegte, was ich mitnehmen würde. Ich packte ein Buch ein. Ich erinnerte mich an einen langen Weg vom Bahnhof zum Haus, an Blicke über Felder mit Heuschobern. Ich erinnerte mich an Gespräche über Hochwasser.

Werner fuhr eine reichliche Stunde. Er fuhr langsam. Einige Bretter ragten über die Ladefläche hinaus und ein rotes Tuch flatterte an einem der Hölzer. Mit dem Bus und dem Zug dauert es auch so lang, sagte er, das häufige Umsteigen, weißt du? Als wir ankamen, suchte er Edith in der Küche. Er rief ihren Namen vor der Treppe stehend in die obere Etage hinauf. Die Treppe schwang sich mit zwei Absätzen und einem Geländer aus goldenen runden Stäben und einem schneeweißen Band darauf um die Ecke, als machte sie zweimal einen Knicks, als würde sie drehend aus der Mitte des Korridors an die Wand geworfen und ginge dabei fröhlich in die Knie. Ich wollte sagen, tanzt eure Treppe?, da meinte Werner, keiner da. Setz dich ins Wohnzimmer, ja?, du kannst den Fernseher anmachen, wenn du willst. Ich ging hinein und blieb vor dem Fenster stehen. Jetzt erinnerte ich mich auch daran. Als Kind hatte ich geglaubt, daß man von diesem Fenster aus, das mindestens so lang wie ein auf beiden Seiten ausgezogener Tisch war, die ganze Welt überblickt, obwohl man das Ende des Gartens mit dem Zaun zum Nachbarn schon sieht. Vor allem sieht man die weiße Sommerlaube mit einer Tür, einem kleinen Fenster und einem Gitter an der rechten Seite, durch das sich Rosen ranken. Auch das Gitter ist weiß, und ich hatte mir Märchen vorgestellt, wenn ich in den Garten geblickt hatte. Ich war nie in der Laube gewesen, ich hatte nicht einmal davorgestanden und durch die Scheiben sehen können, weil immer jemand, es ist zu kalt draußen, gesagt hatte. Ich hatte auch gedacht, Edith und Werner sitzen sonntags, wenn sie freihaben, vor diesem Fenster und sehen nach draußen wie meine Eltern in den Fernseher. Damals hatte ich die Grünpflanzen nicht beachtet, die das Fenster wie in einem Gewächshaus ausfüllten. Ich faßte einige Blätter an. Manche waren fest wie Karton, andere saftig wie Obst, einige stachen an ihrer Spitze in die Haut wie eine Nadel. Eine Pflanze sah aus wie ein Stein. Die Blätter einer anderen, als ob sie aus Samtpapier ausgeschnitten worden wären. Ein Grün schien von einer dünnen Eisschicht überzogen. Es gab Blätter oder Früchte in der Form eines langgezogenen Wassertropfens, die sofort abfielen, als ich sie berührte. Draußen wurde eine Tür zuschlagen, dann noch eine und ich sah Werner über den Hof in die Werkstatt gehen. Ich sammelte die abgefallenen Tropfen in meine Hand und setzte mich in einen Sessel. Das Licht des Fensters reichte gerade bis zum Teppich. Er lag wie ein Möbelstück zwischen Tür und Sitzgarnitur. Die Vitrine, die Uhr und eine Seite des Sofas lagen im Dämmer, als ob es heute regnete. In meiner Hand begann es zu brennen. Ich stand auf, legte die Blätter in einen Blumentopf und drückte sie unter die Erde. In diesem Moment ging Edith draußen vorbei.

Edith kam vom Einkaufen. Sie sagte, daß sie diese Woche freihabe, Überstunden, weißt du. Sie zeigte mir mein Zimmer, sie zeigte mir das ganze Haus und im Bad sagte sie, wenn du willst, kannst du jeden Tag baden.

Abends setzte sie einen so hohen Topf mit Kartoffeln auf den Herd, daß ich glaubte, sie kocht das Essen für die ganze Woche. Die Küche roch bald nach garen dreckigen Kartoffeln und ich dachte an die Mahlzeit jeden Mittag. Als Werner hereinkam, sagte er, jetzt gibt's Futter, und lächelte mich an. Welches Futter, fragte ich, und er sagte, na das Schwein will auch was haben. Schweine essen Kartoffeln, fragte ich, kein Fleisch? Das wäre ja noch schöner, sagte er und lachte, wenn man ihnen das füttern würde, was sie später hergeben sollen.

Ich badete jeden Morgen. Ich las ein paar Seiten in meinem Buch, aber meistens schweifte ich bald ab. Ich sah auf die Kacheln. Kleine, quadratische, in allen Farben glasierte Fliesen bedeckten die Wände bis zur Augenhöhe hinauf. Die Fliesen fühlten sich an wie Putz, mit dicker Farbe geglätteter, auf ein paar Quadratzentimeter zugeschnittener Putz. Ich stellte mir vor, wie Edith und Werner die Fliesen ausgesucht hatten, wie sie gerechnet und Werner die Vierecke Stück für Stück auf die Wand geklebt hatte. Ich versuchte die Anordnung der Farben zu erkennen. Aber das Wasser kühlte bald ab und auch die Luft im Badezimmer war nie wirklich warm. Nach ein paar Tagen sagte ich Edith, wie sehr mir diese Fliesen gefielen, die Farben und die Größe und daß sie glatt und rauh zugleich wären. Edith lachte und sagte, diese Fliesen gab es damals beim Großhandel, wir haben sie in Kartons gekauft und der Fliesenleger hat gestöhnt.

Edith machte in dieser Woche ihr Haus sauber. Sie wischte jedes Zimmer, wusch die Gardinen und bügelte sie danach. Sie putzte alle Fenster und im Wohnzimmer nahm sie jede Pflanze heraus und stellte sie auf den Boden.

Auf der Blumentopferde lag nicht ein welkes Blatt, denn Edith stand jeden Vormittag vor dem Gewächshausfenster und sagte, meine Güte, hier muß ich die Erde wieder mal auflockern, oder, Gott sind die Blätter staubig, oder, so die drehen wir wieder zum Licht, und ich wußte nie, ob Edith zu mir oder den Pflanzen sprach. Ich fragte sie, wie die Pflanzen heißen, ich dachte an die abgefallenen Wassertropfen, und Edith sagte, sie kenne nicht alle, zeigte mit dem Finger in das Fenster und sagte, Dieffenbachie, Sansevierie, Friesee, Blattanturie. Nach ein paar Tagen wußte ich, daß Edith keine Buttercremetorte mehr in dieser Woche backen würde. Zweimal waren wir nachmittags im Ort. Sie zeigte mir den Park und am Wehrturm sagte sie, man kann auch hinaufsteigen. Ich wollte wissen, ob sie mit Werner am Wochenende manchmal zum Fluß spazierengeht, und lachend sagte sie, wir sind doch kein Liebespaar mehr. Außerdem schlachten wir morgen, hast du das vergessen? Nein, nein, sagte ich, ich dachte nur.

Am Sonnabend morgen frühstückte ich allein. Ich hatte das Brötchen noch nicht aufgegessen, als Edith hereinkam und sagte, der Fleischer ist da, es geht los. Gut, sagte ich und Edith half mir, meinen roten Anorak anzuziehen. Sie stand hinter mir, schob die Ärmel über meine Arme und es gab ein kurzes scharfes Geräusch. Sie sagte noch, wenn es dir zu kalt wird, kommst du wieder rein, ja? Findet das alles draußen statt?, fragte ich, das wirst du schon sehen, sagte sie.

Werner und der Fleischer trieben das Schwein gerade auf den Hof. Das Schwein quiekte, als ob ihm das Schieben und Ziehen der Männer Schmerzen bereiten würde, und Werner sagte, es merkt was los ist. Der fremde Mann hatte etwas in den Händen, das wie eine dicke schwarze Luftpumpe aussah, hielt das Gerät dem Schwein zwischen die Augen, und man hörte einen kurzen dumpfen Knall. Das Schwein fiel um. Seine Beine knickten weg, als ob der Ton alle Muskeln aus den Beinen gejagt hätte. Werner hielt eine weiße Waschschüssel unter den Kopf des Schweins und der Fleischer stach mit einem Messer, dessen Schneidefläche in der Mitte so dünn war, daß ich fürchtete, es bricht sofort durch, in den Hals des Tieres. Aus dem Schwein floß Blut, und Werner rührte das Blut mit einem Holzstab, als ob es damit besser, röter würde. Ohne Unterbrechung floß Blut in die weiße Schüssel und ich dachte, was wohl schon in der Schüssel aufbewahrt worden war, und ich dachte noch einmal an das Messer, wie viele Schweineadern schon angestochen worden waren damit. Das Schwein lag auf den Steinen mit weggeknickten Beinen und nun bald ohne Blut. Edith kam auf den Hof, zog, als kaum noch Blut aus der Wunde floß, die Schüssel fort und trug sie in das Waschhaus. Was macht ihr damit, fragte ich, und Werner sagte lächelnd, na Blutwurst. Der Mann sagte, das Wasser jetzt, und Werner schleppte nach und nach Eimer mit heißem Wasser aus dem Waschhaus, das sie dem Schwein über den Körper gossen. Kochendheißes Wasser floß über die rosige Haut des Tieres und ich dachte, sie machen es sauber, aber Werner begann, das Schwein zu rasieren. Wozu machst du das, fragte ich, und wieder antwortete er lächelnd, wer soll denn das essen, Speck mit Haaren? Das Rasieren dauerte sehr lange. Die Männer wirkten in Eile, sie sprachen nicht miteinander und sahen mich auch nicht an dabei. Sie berührten mit den Messern jede Stelle des Schweinekörpers. Dann banden sie ihn mit den Hinterfüßen an eine Leitersprosse, stemmten die Leiter aufrecht und das Schwein hing kopfüber. Ich wollte mir die Haut näher ansehen, ich wollte wissen, wie eine rasierte Schweinehaut aussieht, aber der Fleischer sagte, soviel Platz ist hier nicht, und trat vor mich. Auf dem Hof konnte Werners Transporter parken und auch mit aufgehängtem Schwein war es nicht eng. Werner brachte ein Tablett mit einer Flasche Korn und mehreren kleinen Gläsern. Er goß eines voll und reichte es dem Mann. Er nahm es, ohne Werner anzusehen. Er schluckte den Schnaps ohne Freude, als ob es eine Notwendigkeit wie Medizintrinken wäre und stellte das leere Glas hart auf das Tablett zurück. Werner zwinkerte mir zu. Der Fleischer stach mit dem gleichen Messer, mit dem er die Ader geöffnet hatte, in den unteren Bauch des Schweins und zog das Messer langsam bis zum Hals. Der Darm quoll aus dem Körper, zwischen der glatt aufgeschnittenen Haut hervor. Ich begriff erst jetzt, daß das Schwein tot war. Das langsame Herausrutschen des Darmes, seine helle Farbe, die verschlungenen Windungen und die Glätte der Darmhaut, daß dies alles nicht mehr dem Schwein gehörte, machte es erst tot. Der Darm wurde in einer Wanne aufgefangen. Ich überlegte nicht und trat einen Schritt näher. Der Mann sagte wieder, wir arbeiten hier, kein Platz für Zuschauer. Ich sah zu Werner. Er stand mit dem Rücken zu mir, aber er lächelte bestimmt. Der Mann schnitt die Lunge und die Leber aus dem Schwein und hängte sie auf eine Leitersprosse. Dann ging er mit Werner zum Tisch, wischte sich die Hände an der Schürze ab und nahm ein nächstes Glas. Werner lächelte ihn an, als der Fleischer das Glas auffordernd anhob, doch er sagte, nicht für mich. Ich lief zu der Wanne mit dem Schweinedarm. Kartoffeln, darin waren ungeschälte, weichgekochte, halbfertig verdaute Kartoffeln und plötzlich packte mich jemand am Arm und schob mich von der Wanne fort. Der Fleischer hatte mit seiner Hand meinen Anorak berührt, ich hatte die Kraft in seinen Fingern gespürt, und er hatte gesagt, weg hier, hier wird gearbeitet. Ich sah auf meinen Ärmel. Ich sah auf den Hof, auf die Steine, ich sah zur geöffneten Waschhaustür und zu Werner, der mir zuzwinkerte. Ein schmieriger großer Fleck war auf meinem Anorak. Es glänzte eklig und ich wollte eigentlich schreien, ich wollte diesem alten dicken Mann sagen, daß ich die ganze Woche zu Besuch hier bin, daß Edith und Werner so eine Art Tante und Onkel von mir sind, daß meine Großeltern in diesem Ort gelebt haben und er einmal im Jahr zum Schlachten kommt und mich nicht einfach so anfassen darf. Werner sagte, Edith macht das raus, geh doch zu ihr. Auf meinen Ärmel blickend, ging ich ins Haus und rief Edith. Sie sah auf den Stoff, lachte und fragte, na, hat er dich geärgert? Ja, sagte ich, das geht nie raus. Doch, doch, sagte sie, ich wasche das gleich, du kannst solange eine alte Jacke von mir anziehen. Ich ging mit ihr ins Bad. Sie beugte sich über die Wanne und schrubbte mit Seife an meinem Ärmel. Der ist sonst nicht so, sagte Edith, geh nur zurück, ich mache das allein. Ich ging in die Küche, aß mein Brötchen auf und hörte Nachrichten. Auf dem Herd stand ein Topf mit heißer Milch und ich goß mir einen Tasse voll. Edith brachte mir eine verwaschene blaue, etwas zu große Jacke. Ich sagte, ich wärme mich ein bißchen auf. Wie du willst, sagte sie und ging hinaus. Ich wartete, ich hörte nicht mehr auf das Radio, ich dachte, daß morgen Sonntag ist, daß ich morgen noch einmal bade und mich mein Vater abholt. Ich stand auf und ging hinaus. Es hatte zu nieseln begonnen. Die Steine auf dem Hof glänzten. Werner trug eine Schweinehälfte ins Waschhaus, und ich stellte mich an den Eingang. Ich hatte die Hände in den Taschen, ich lehnte mich an den Türpfosten.

Der Fleischer zerteilte die andere Hälfte des Schweins. Er hob das Beil an und ließ es auf ein Stück Knochen knallen. Er schnitt Fleisch ab und preßte es in einen Fleischwolf. Er rief Werner, der zog eine Art Strumpf über das Metallrohr und ich sagte, was ist das denn? Na, der Darm, sagte er, und die passierte Fleischmasse schob sich in die Darmhaut. Werner nahm ein Stück bereitliegenden, schon abgeschnittenen Bindfaden und knotete nach ungefähr zwanzig Zentimetern den Darm zu. Der Fleischer und Werner arbeiteten so eine Weile, bis der Mann sagte, jetzt das Gehackte. Er stopfte wieder Fleisch in den Fleischwolf und aus der Düse quetschten sich spaghettigroße Fleischwürmer, ganz langsam, als ob sie sich Zeit ließen, als ob es etwas zu sehen, zu erleben gäbe. Das Gehackte fiel in eine große Schüssel, der Fleischer streute Gewürze darauf, mischte alles mit bloßen Händen und sagte, Frauen dürfen sowieso an ihren Tagen nicht beim Schlachten dabeisein. Er sah mich nicht an dabei. Werner stand mit dem Rücken zu mir. Ich wußte nicht, was ich tun sollte. Ich lehnte an dem Türpfosten, aber plötzlich dachte ich, das Holz stützt sich an mir ab. Ich bekam Kopfschmerzen und glaubte das Waschhausdach fällt gleich herunter. Der Mann wollte, daß ich gehe. Er wollte keine Mädchen beim Schlachten dabeihaben, auch wenn er genug Platz für seine Arbeit hatte. Ich drehte mich so leise wie möglich um, ging so leise wie möglich über den feuchten Hof, öffnete vorsichtig die Haustür. Edith ging gerade in die Küche und sagte, der Fleck ging tatsächlich nicht raus, ich habe deinen Anorak in die Waschmaschine gesteckt, bis morgen ist der wieder trokken. Ich folgte ihr in die Küche und sagte, weißt du, was der Fleischer gesagt hat? Was denn? Daß Frauen an ihren Tagen nicht beim Schlachten dabeisein dürfen. Ja, sagte sie gedehnt, das ist so eine alte Regel, der ist eben noch einer von den Alten. Aber darüber brauchst du dir doch noch keine Gedanken machen? Und Edith drehte sich zu mir und lächelte mich an. Sie kniff mir mit ihrer Hand ganz sanft in die Wange und sagte, oder?

Ich?, sagte ich. Na, wer denn sonst?, sagte Edith. Nein, nein, sagte ich und wußte auf einmal nicht mehr, worauf ich geantwortet hatte.

Ab jetzt

Fang hier an!

Ich setzte den Kuli auf die Stelle, die mir meine Mutter gezeigt hatte, und sie rief, nein, hierhin, habe ich gesagt. Da bin ich doch, sagte ich, nein, schrie sie, riß mir den Kuli aus der Hand und schrieb die Anschrift von Tante Gerda, meiner Patentante, die mir ein Fotoalbum und einhundert Mark geschenkt hatte, auf den Briefumschlag. Sie begann etwas mehr rechts von der Mitte des Umschlages und etwas unterhalb der gedachten mittleren Linie. Die Anschrift mußte genau an diesem Punkt beginnen. Es war das dritte Kuvert, das ich hatte beschriften sollen, und ich hatte es noch kein einziges Mal richtig gemacht. Ich saß links neben meiner Mutter an der breiten Seite unseres Wohnzimmertisches. Meine Mutter war so nah bei mir, als ob wir beide enge Freundinnen wären oder Kleidungsstücke im Schlafzimmerschrank meiner Eltern. Mein Vater saß uns gegenüber und las Zeitung. In dem Moment, als mir meine Mutter den Kuli aus den Fingern riß, nahm er die Zeitung vom Tisch und hielt sie aufrecht. Ich sah nur noch die Finger von meinem Vater, faltige kurze Finger mit dem schwarzen Halbrund unter den Nägeln. Mein Vater hielt die Zeitung, als ob er Muskeln hätte wie Steffis neuer Freund, der vorige Woche mit der nassen Wäsche in der Wanne die Treppen hinaufgelaufen war.

Steffi war ihm langsam und schweigend gefolgt, und ich hatte gedacht, daß sie wenigstens, meine Güte bist du schnell, oder, setz ab, die Wanne ist zu schwer, sagen könnte. Ihr neuer Freund war lange vor ihr in der vierten Etage vor der Dachbodentür angekommen und hatte dort gewartet. Steffi schloß die Tür auf und beide verschwanden dahinter. Zwischen den Händen meines Vaters las ich den Titel der Zeitung, dann die Schlagzeilen und auf der letzten Seite war ein großes Foto von sich kreuzenden Eisenbahnschienen abgebildet. Ohne aufzusehen schrieb meine Mutter die Anschrift aus dem Gedächtnis. Ich hätte sie aus ihrem Adreßbuch Wort für Wort abschreiben müssen, Gerda Fechter, Friedensstraße 67, 9285 Bergstädt. Ich hatte noch so viele Anschriften auf Kuverts zu schreiben, wie ich sie nicht zählen konnte. Ich mußte auch die Briefe noch schreiben, die Danksagungen, wie meine Mutter gesagt hatte, und wahrscheinlich würden wir heute nicht damit fertig werden, auch diese Woche nicht. Vielleicht würde es noch bis zum Ende des Schuljahres dauern, vielen Dank für das schöne Geschenk, zu schreiben und dann auch noch die Anschrift genau an die richtige Stelle auf dem weißen Rechteck zu setzen. Die Anschrift durfte nicht weiter oben oder weiter links sein, obwohl ein Kuvert viel größer war als der Platz, den die Adresse benötigte, und dieser weder mit einer schwarzen Linie eingerahmt noch irgendwie anders angegeben war. Man hätte die Anschrift genausogut in eine Zeile an den oberen Rand schreiben können oder schräg über das Papier. Und ich versuchte mir vorzustellen, was geschähe, wenn man sie so schriebe. Brächte der Briefträger den Umschlag zurück und erklärte einem an der Wohnungstür, wie man das zu machen hätte? Oder würde man auf das Postamt bestellt, an den Schalter, und dort beschimpft, so daß es alle Leute in der Schlange hörten? Zwei Briefumschläge lagen links von mir, nebeneinander. Die schickst du trotzdem ab, hatte meine Mutter gesagt. Es waren die Briefe an Herrn und Frau Jakubeit und an Tante Ilse. Herr und Frau Jakubeit, wer redet so? Würde Tante Ilse sehen, wie verschoben ihre Anschrift auf dem Papier stünde? Würde sie dann zurückschreiben und sagen, Kind, wie schreibst du? Tante Ilse war eine nette Frau, sie wohnte hinter der Grenze und besuchte uns alle vier, fünf Jahre, und ich dachte für einen kurzen Moment, ob das ein Zusammenhang ist, ihre seltenen Besuche und ihre Freundlichkeit. Meine Mutter nahm einen neuen Briefumschlag und begann, Ingeborg Holtscher, zu schreiben. Frau Holtscher hatte blond gefärbte, jeden Tag korrekt frisierte Haare. Ihr Haaransatz war immer schwarz, immer wenn ich sie traf, und es sah aus, als ob die Schwärze den Rest des Haares trüge. Als ob so etwas Dunkles nötig sei, das helle gedrehte Haar zu halten. Wenn sie sich bewegte, blieben ihre Haare steif und fest wie bei einer Skulptur. Frau Holtscher war die Chefin meiner Mutter. Sie war Chefin in ihrem Leben geworden, weil sie sich direkt vor einen hinstellen und etwas fragen konnte. Wenn sie diesen Brief bekommt und mich wiedersieht, wird sie sagen, na, deine Mutter hat dir beim Beschriften der Kuverts geholfen, stimmt's? Und meine Mutter wird sagen, wenn man nicht immer alles selbst macht. Frau Holtscher wird sich dann von mir fortdrehen, in ihr Chefinzimmer gehen und die Tür offenlassen.

Ich könnte die Kuverts zählen, um zu wissen, wie viele

Danksagungen und Anschriften ich noch zu schreiben habe. Ich könnte sie zählen wie das Geld am Ende des Sonntags, das ich aus fast jeder Glückwunschkarte nahm und in einen gesonderten Umschlag steckte. Ich könnte die Anzahl mit der Zeit, die ich zum Schreiben einer Danksagung und einer Anschrift benötige, multiplizieren und sie dann wieder durch die Stunden teilen, die ich mit meiner Mutter am Tisch sitze. Jetzt ist es halb neun. Vielleicht sitzen wir bis zur vollen Stunde oder bis zehn. Wenn ich diese Addition, Multiplikation und Division machte, wüßte ich, wie viele Abende alles dauern würde. Wie oft meine Mutter noch sagen wird, nein, hier, ich habe dir doch gesagt, hier, und sie dabei mit ihrem Fingernagel auf die Stelle klopft, daß fast ein Abdruck davon bleibt. Meine Mutter nahm ein neues Kuvert und sagte, jetzt Klaus und Kathrin. Ich muß noch die Danksagung schreiben, sagte ich, also los, sagte meine Mutter. Was soll ich schreiben? Sehr geehrte Frau Holtscher, sagte meine Mutter, ich bedanke mich für Ihre Glückwünsche zu meiner Jugendweihe, nicht so schnell, sagte ich. Z-u m-e-i-n-e-r J-u-g-e-n-d-w-e-i-h-e, buchstabierte ich und hörte, wie mein Vater die Zeitung auf den Tisch legte, den Stuhl über den Teppich schob und hinausging. Ich hörte seine Schritte auf dem Korridor und schrieb, ich habe mich sehr über Ihre Karte und das Geschenk gefreut und werde das Geld sparen, um mir später etwas, nicht so schnell, sagte ich noch einmal, und meine Mutter schwieg, obwohl ich erwartete, daß sie sagte, du mußt doch wissen, was man bei so einer Gelegenheit schreibt.

So eine Gelegenheit. Meine Mutter wußte immer, was man schrieb, was man sagte. Sie hatte eine Gelegenheit, und dann wußte sie auch schon, was man tat. Zu freundlichen Leuten war man freundlich, den unfreundlichen sagte man deutlich seine Meinung. Sie hatte eine Person vor sich, einen Satz, und dann begann sie mit ihrem, der genau dazu paßte, der genau der richtige war, jedes Mal. Ich dachte an ihre Gelegenheiten, von denen sie manchmal sprach, und hatte die zu schreibenden Worte wieder vergessen, was nach *später* kommen sollte. Um mir später etwas Schönes zu kaufen, sagte meine Mutter. Etwas Schönes. Ich stellte mir etwas Großes, eingewickelt in breites Geschenkband und mit einer großen Schleife, vor, rot und gold. Ich weiß nicht, weshalb mir diese Farben einfielen, und war sofort ratlos, was in diesem riesigen Karton sein könnte. Das Geschenk war viel zu groß, zu groß für mein Zimmer, für unseren Korridor, für die Türen, ich gelangte nicht bis zu der Schleife hinauf, und ich sagte, und jetzt? Vielen Dank nochmals, mit freundlichem Gruß, Ihre … Ihre? Ich bin nicht der Holtscher ihre, sagte ich, und meine Mutter schlug mit der flachen Hand auf die Tischdecke, es klang dumpf, und sie verrutschte, und sie sagte laut, das schreibt man so. Ich gehöre nicht der Holtscher, sagte ich, das schreibe ich nicht. Dann schreib nur deinen Namen, wenn du willst, daß es blöd klingt. Dann klingt es eben blöd, dachte ich, die Holtscher klingt auch blöd und außerdem sehe ich die nicht mehr so oft, ich hole meine Mutter nicht mehr von der Arbeit ab, wie vor Jahren, als ich kleiner war und mich am Nachmittag langweilte. Aber ich dachte auch daran, daß meine Mutter sie jeden Tag sieht, und doch ließ ich das Ihre fort. Ich faltete den Brief zusammen, steckte ihn in den von meiner Mutter beschrifteten Umschlag und klebte ihn zu. Der Klebstoff schmeckte süßlich, so daß man eigentlich noch mehr davon wollte, zumindest wissen wollte, was es ist, aber er schmeckte auch eklig, daß man eigentlich nicht noch einmal diesen glänzenden Streifen mit der Zunge berühren wollte. Ich wollte keine Briefumschläge mehr zukleben, nichts mehr einstecken, zusammenfalten, schreiben. Ich wollte in mein Bett, ich wollte an das Geld denken, an etwas Schönes, das Schöne sollte nicht mehr aufhören, aber ich wurde immer müder und wußte nicht, wie man etwas Schönes über Nacht behält, daß es nicht verschwindet im Dunklen, im Nichts.

Meine Mutter tippte wieder auf eine Stelle des nächsten leeren Kuverts, an der ich nun die Anschrift von Klaus und Kathrin beginnen sollte. Klaus und Kathrin waren mein Cousin und seine Frau. Sie hatten mir eine Schachtel Pralinen geschickt und unter die durchsichtige Folie einen Zehnmarkschein geschoben. Zehn Mark von Klaus und Kathrin, zehn von unserem Nachbarn, Herrn Schickler, zehn auch von dem Ehepaar aus dem Nachbarhaus und auch von Schlehbachs aus dem nächsten und von Grimms aus dem Haus gegenüber. Fast jeder hatte mir zehn Mark geschenkt, und als ich an dem Sonntagabend während des Zählens zu meiner Mutter gesagt hatte, sogar Frau Köstler hat mir zehn Mark geschenkt, da hatte sie gesagt, die schenken dir das nur, weil sie mich kennen, weil du meine Tochter bist. Jetzt schreibe ich Briefe an Jakubeits, die Holtscher und alle Zehn-Mark-Leute, und sie erwarten eigentlich einen Brief von meiner Mutter, weil sie das Geld eigentlich ihr schenken wollten, und deswegen sitzt meine Mutter so nah bei mir, reißt mir den Kuli aus der Hand und klopft aufs Papier. Diese

Leute können meiner Mutter nicht einfach so zehn Mark schenken, meine Mutter ist keine Fliesenlegerin, Klempnerin, Schneiderin. Sie ist die Nachbarin von diesen Leuten oder die Verwandte von ihnen, so wie ich auch. Sie klingeln an unserer Tür, meine Mutter öffnet, Herr und Frau Grimm stehen davor und halten mit ausgestreckter Hand einen geschlossenen weißen Briefumschlag. Meine Mutter sagt, ah, was ist das denn? Herr und Frau Grimm sagen, das ist für Sie. Für mich?, ruft meine Mutter durchs Treppenhaus, für mich? und sie bittet Herrn und Frau Grimm herein, sie setzen sich ins Wohnzimmer, und meine Mutter öffnet den Briefumschlag. Sie holt die zehn Mark heraus und sagt, ach, das ist aber nett, daß mir einer mal zehn Mark schenkt, zehn Mark wollte ich immer schon einmal haben, zehn Mark, weil ich so eine nette Nachbarin bin, immer hilfsbereit, immer freundlich, immer Zeit für andere.

Ich schrieb, Klaus und Kathrin. Ich stockte, weil Klaus und Kathrin Bolvershagen hießen und dieses Wort nicht mehr in die Zeile nach den Vornamen paßte. Und jetzt? sagte ich. Du hättest weiter links anfangen müssen, sagte meine Mutter, aber du zeigst mir doch, wo ich beginnen soll, sagte ich, und meine Mutter nahm den Umschlag und schrieb, Bolvershagen, die Buchstaben eng aneinander gequetscht, dahinter. Die Zeile bestand nun aus ungleichen, überhaupt nicht zueinander passenden Teilen. Als ob ein Brief an unterschiedliche Leute in unterschiedlichen Gegenden gerichtet sein könnte. Einen Moment dachte ich, dieser Umschlag kommt zurück. Ich sah in das Adreßbuch und las Klaus' und Kathrins Anschrift, Martin-Andersen-Nexö-Platz 5. Ich zögerte, ich müßte weiter links beginnen, um alles bis zum Rand unterzubringen, aber meine Mutter hatte gesagt, die Anfänge müßten in einer Linie sein, die Zeilen dürften nicht hin und her rutschen, und ich dachte an lachende, schunkelnde Leute, die untergehakt laut Lieder sangen, und ich setzte den Kuli unter das K von Klaus, da man Martin-Andersen-Nexö-Platz auch trennen konnte, doch meine Mutter schrie, nein. Sie riß den Kuli schneller an sich, als sie ihn mir bei Tante Gerda entrissen hatte, und sagte laut, kapierst du das denn nicht?

Vor mir war alles schwarz. Niemand hatte mir gesagt, daß ich in ein so großes schwarzes Loch sehen, keinen erkennen, hören würde. Ich war vom Bühnenrand bis zu meiner Position in der Reihe gegangen, wie wir es mehrmals im Speisesaal geübt hatten, aber von dieser Schwärze hatte niemand gesprochen. Tessi, Knut und Angelika rechts neben mir irritierte diese Schwärze offenbar nicht. Sie sahen mich nicht an, suchten nicht meinen Blick, flüsterten nicht. Sie hatten es bestimmt gewußt, hatten es von ihren Eltern erzählt bekommen wie so oft. Das hat mir meine Mutter gesagt, das hat mir mein Vater gezeigt. Ich stand in der vierten Position, mein Name war aufgerufen worden, und ich war ungefähr zwanzig Schritte allein über die Bühne gegangen, in durchsichtigen Strumpfhosen, die über die Haut rutschten wie eine dünne Plastikfolie, und in einem Kostüm aus einem Glockenrock und einer Bundfaltenjacke. Der Rockbund schnitt mir in die Taille, und der Jackenbund hatte so viele Falten, daß ich glaubte, die Jacke würde bei jedem Schritt immer größer, sie fülle sich mit Luft und ich begänne zu fliegen, über die Bühne, in die Schwärze hinein. Das

Kostüm war rot, und ich trug weiße Schuhe. Die Schuhe waren eine Nummer zu groß. Meine Mutter hatte Watte in die Schuhspitzen gestopft und gesagt, so geht es. Meine Haare hatte ich am Morgen gewaschen und sie mit dem Fön nach innen zu drehen versucht. Die Frisur hielt nicht. Die Haare tanzten, als ob man sie unablässig anpustete. Ich wollte runter von dieser Bühne, sofort, aber die Namen von sechs anderen wurden noch aufgerufen, und sie mußten wie ich allein vom Bühnenrand zur Mitte laufen, stehen und in das Schwarze blicken, als wäre es etwas Ungewisses und nicht das Publikum, unsere Eltern und Verwandten, die seit Wochen diese Feier vorbereitet, Kleidung ausgesucht und manche sogar ein Restaurant für das Mittagessen ausgewählt hatten. Im Publikum saßen nicht nur meine Mutter und mein Vater und Tante Gerda, sondern auch Onkel Dieter mit seiner neuen Frau. Ich sollte Tante Ursula zu ihr sagen, obwohl sie erst seit zwei Monaten die Ehefrau von Onkel Dieter und nur ein einziges Mal bei uns zu Hause gewesen war. Sie hatte ein grünes ärmelloses Kleid bei diesem Besuch getragen und ihren Sohn mitgebracht. Er war fünf Jahre alt, und sie hielt ihn ständig an der Hand. Er saß auf ihrem Schoß, als wir Kuchen aßen, er zog sie aufs Klo, als er mal mußte, er sollte sich meine Kinderbücher ansehen, die ich noch besaß, und fing an zu heulen. Die neue Frau von Onkel Dieter sprach sehr laut, als ob immer viel mehr Leute im Zimmer wären. Und Onkel Dieter sprach von ihr und vor allem ihrer Arbeit, als ob er sie verrichten würde. Sie, Ursula, hatte mir heute morgen einen Kuß auf die rechte Wange gegeben, gelacht und gesagt, herzlichen Glückwunsch. Wozu? wollte ich sie fragen, aber ich fürchtete, daß sie laut sagte, na, daß du ab heute erwachsen, ein junges Fräulein, kein Kind mehr bist. Die Frau von meinem Onkel Dieter saß auch in diesem schwarzen Loch und hatte ihren Sohn bestimmt auf ihrem Schoß. Somit war ein Platz neben ihr frei, mitten im Saal war ein Platz frei, obwohl wir vor einigen Wochen schon genau hatten angeben müssen, wie viele Gäste jeder mitbringt. Ein Saal voller Gäste, die man nicht sah und nicht hörte. Vor dem Theater waren sie noch dagewesen, auch vorhin noch, als wir selbst alle noch saßen und das Gelöbnis, stehend, im Chor hatten sprechen müssen. Der Direktor hatte eine Ansprache gehalten, er hatte Punkte verlesen, und wir hatten mehrere Male sagen müssen, ja, das geloben wir. Ich weiß nicht mehr, was ich gelobt hatte. Ich hatte nur an den kommenden Weg vom Rand zur Mitte der Bühne gedacht, an die weißen Schuhe und das Kostüm. Ich hatte gedacht, daß dieser Vormittag leer war, obwohl soviel passierte, daß viele Gäste da waren und ich trotzdem den Eindruck hatte, daß ein Gast fehlte, ein bestimmter, und zwischendurch hatte ich mich immer wieder diesen Spruch sagen hören.

Vielleicht hörte ich bald so einen Spruch aus der Schwärze heraus. Vielleicht käme noch etwas, eine Überraschung, von der auch Tessi, Knut und Angelika nichts wußten. Der Eintritt ins Erwachsenenleben war vielleicht doch mit etwas verbunden, was man nicht ahnte. Wir warteten, bis der letzte der sechs auf der Bühne erschien. Wir bekamen ein Buch und einen Strauß Nelken vom Direktor und dem Klassenlehrer und durften die Bühne geschlossen und mit Beifall, der aus der Schwärze erschallte, verlassen. Ich dachte an meinen Onkel und seine

Frau und daß sie bestimmt die Hände ihres Sohnes am Gelenk halten und sie aneinanderschlagen würde und er vielleicht wieder heulte. An diesem Tag gab es keine Überraschung mehr, außer dem vielen Geld, das ich abends aus den Kuverts nahm, und mehr davon hatte, als meine Mutter im Monat verdient. Ich hatte den ganzen Nachmittag die Schuhe und das Kostüm getragen. Ich war mit den Gästen im Wohnzimmer geblieben. Wir aßen und tranken. Einige rauchten. Es war immer laut, doch die Frau meines Onkels hörte man heraus. Die Geschenke und Briefumschläge lagen die ganze Zeit auf dem Büfett, und abends zählte ich das Geld. Und auch am Nachmittag hatte ich den Eindruck, daß etwas fehlte, etwas Kleines vielleicht nur. Die Feier lag eine Woche und ein paar Tage zurück. Heute schrieben wir die Danksagungen. Es war schon dunkel draußen. Wahrscheinlich wollte meine Mutter bis zehn hier sitzen. Vielleicht hatte ich während der Jugendweihe etwas nicht bemerkt. Vielleicht war ich nicht aufmerksam oder hätte leichter vom Bühnenrand zur Mitte gehen sollen oder gerader. Ich hätte freundlicher zu der neuen Frau meines Onkels sein müssen und auch zu ihrem Sohn. Dann hätte mir ihr Kuß gefallen, und ich hätte sie sogar umarmt. Meine Mutter schrieb die Anschrift von Klaus und Kathrin, sie schrieb etwas langsamer und drückte mit dem Kuli auf das Papier, daß der Umschlag sich leicht am Rand hob. Was haben sie dir geschenkt? fragte meine Mutter. Pralinen und zehn Mark, sagte ich. Also schreib, sagte sie. Ich schreibe, daß ich gern Pralinen esse, ja?, besonders Nougat, daß die zuerst alle waren und der ganze Karton nach zwei Tagen, sagte ich. So schreibt man nicht, sagte meine Mutter, man sagt, vielen Dank für die schönen Pralinen, die mir sehr gut geschmeckt haben. Und mit dem Geld schreibst du das mit dem Sparen. Ich wußte nicht, wie ich das formulieren sollte, und sagte, wie soll ich denn anfangen? Meine Mutter sagte, ich kann alles selber machen, ich kann hier alles allein machen, und du weißt nicht mal, wie man ein paar Sätze schreibt. Ich fing an zu weinen und sah, daß die Türklinke kurz bewegt wurde. Ich heulte und hielt den Kuli, als ob ich zu schreiben beginnen wollte. Ich hielt ihn ganz fest, und meine Mutter sagte, lieber Klaus, liebe Kathrin, Ausrufezeichen. Ich schrieb mit Tränen in den Augen die Worte, die mir meine Mutter diktierte. Ich drückte den Kuli so fest auf das Papier, daß es bei dem Ausrufezeichen durchriß. Meine Mutter zog langsam den Briefbogen an sich. Auf der Tischdecke war ein kurzer blauer Kulistrich. Ich weinte nicht mehr. Durch die noch an den Wimpern klebenden Tränen sah ich auf das Blau, die kurze Gerade, und war aufgeregt. Meine Mutter stand wortlos auf und ging hinaus.

Sonntage

Als ich mich vorstellen wollte, war ich durch den Vordereingang gekommen. Ich hatte nicht gewußt, daß es einen zweiten Eingang, einen für die Angestellten gibt, und ich verstehe nun, daß ein Gast die Beschäftigten nicht sehen soll, jedenfalls nicht wie sie zur Arbeit kommen oder wieder nach Hause gehen. Er soll sie nur in Uniform und arbeitend sehen, in dem Anzug an der Rezeption oder in der weißen Schürze auf dem Gang. Aber ich habe noch nie einen Gast gesehen, nicht schlafend im Bett, nicht mit Koffern umstellt vor der Tür, nicht ungeduldig vor dem Fahrstuhl wartend. Dieses Hotel ist geöffnet, es wird benutzt, aber ich habe noch nie einen Gast gesehen.

Ich mache hier sauber, drei Wochen, sechs Tage in der Woche. Ich habe Ferien, und eine Klassenkameradin hatte mir erzählt, manchmal liegt Trinkgeld auf dem Nachttisch. Aber auch das habe ich noch nie gesehen, nur die Koffer, die Zahnbürste und ein paar Sachen im Schrank. In einem Hotelzimmer saubermachen ist ganz anders als zu Hause staubsaugen, wischen oder polieren. Zu Hause habe ich noch nie gesehen, daß meine Mutter die Gardinenleiste abstaubt, daß sie die Stahlfedermatratze aus dem Bett hebt und die Leisten abwischt, auf denen sie aufliegt. Meine Mutter trocknet auch nicht das Waschbecken, nachdem sie es geputzt hat, denn wir haben gar kein Waschbecken, sondern einen Ausguß, in den wir das schmutzige Wasser aus der Schüssel kippen. In einem Hotel leben fremde Leute aus anderen Städten und sogar Ländern. Es wird sehr viel mehr als zu Hause, als üblich getan, daß es ihnen in dem Hotel gefällt, daß sie keinen Grund zur Beschwerde haben, daß sie sich nicht ekeln vielleicht. Ich habe nicht gewußt, wie viele Flächen und Ecken zum Saubermachen sich in einem Raum verbergen. Wieviel Putzmittel und Lappen man verwendet, um etwas wegzuwischen, was man gar nicht sieht, und daß man diese Dinge in einem Wagen verstaut, den man geräuschlos über den Teppich im Flur zieht. Nur die Frauen sind laut, sie rufen Witze und Beschimpfungen über den Flur und ich erwarte jeden Moment, daß ein Gast die Tür aufreißt und sich wegen des Lärms beschwert. Nur Moni spricht in einer normalen Lautstärke. Ich wurde ihr zugeteilt, gleich am ersten Tag, und als ich ein Einzelzimmer mit Korridor und Bad sah, konnte ich mir nicht vorstellen, wie sie zwischen Eingangs- und Zimmertür, zwischen Schrank und Bett, zwischen Dusche und Waschbecken saubermacht. Sie zeigte mir, wie man hinter einem Klobecken wischt, und ihr Körper wurde zwischen Wand und Becken und Rohre gequetscht. Moni ist geschmeidig und biegsam, trotz Knochen und Fett. Sie keucht, wenn sie sich bückt und schrubbt und reibt, und ich fragte sie, wieso sie diese Arbeit macht, denn sie spricht nicht nur leiser als die anderen Frauen, sie ist freundlich, sehr viel freundlicher, auch zu mir. Anfangs hatte ich gedacht, daß sie mir verschwiegen etwas mitteilen will, aber sie bleibt immer gleich und sagt nichts von einem Geheimnis oder einer Abmachung oder ähnlichem. Moni ist Zimmermädchen, weil ihr die Arbeit gefällt, sagt sie. Ich habe die Frauen gefragt, was die Direktrice mit der Bemerkung, am Sonnabend keine Sperenzchen bei der Bettwäscheausgabe, hatte sagen wollen. Sie war während einer Pause in der immer offenen Tür des Aufenthaltsraumes erschienen und hatte nur diesen einen Satz gesagt. Unhörbar war sie wieder im Flur verschwunden. Das geht dich nichts an, hatte Frau Fischer zu mir gesagt und die anderen Frauen hatten geschwiegen. Das Wort, Direktrice, mußte ich im Duden nachsehen. Die Frau sieht nicht so aus, als ob sie einmal ein Mädchen oder eine junge Frau gewesen wäre, sie sieht aus, als ob sie schon immer Direktrice ist, schon immer Zimmermädchen beaufsichtigt, Schülerinnen einstellt und Dinge sagt, die keiner Antwort bedürfen. Ich möchte später einmal weder Zimmermädchen noch Direktrice sein. Ich möchte reisen, ich möchte schöne Kleider haben, die während der Reise gefaltet im Koffer liegen, ich möchte Absatzschuhe tragen und darauf vom Bahnhof ins Hotel gehen und an der Rezeption meinen Schlüssel vom Tresen nehmen, der schon für mich bereitliegt. Ich möchte im Fahrstuhl hinauffahren, in die siebte Etage, in der ich jetzt arbeite, und auch kein Zimmermädchen sehen oder hören.

Wenn ich sechs Tage in der Woche arbeite, verdiene ich mehr, hatte die Direktrice gesagt, und ich hatte nichts einzuwenden gehabt. Den Dienstplan kriegen wir immer donnerstags, erklärte mir Iris, die eine siebzehnjährige Tochter hat, mit der sie in die Postkutsche geht. Die Postkutsche ist eine Bar in der Straße hinter dem Hotel, und Frau Fischer hat gesagt, die geht mit ihrer Tochter da zur Arbeit hin. Wenn ich einmal mit Iris zusammen ein Zimmer reinigen sollte, werde ich sie fragen, was sie in der Postkutsche macht. Manchmal kommt sie morgens um sechs Uhr zur Arbeit und hat einen langen Rock und eine ärmellose schwarze durchsichtige Bluse an. Sie zwinkert mir zu, und ich weiß nicht, was sie mir damit sagen will. Ich bin einmal an der Postkutsche vorbeigegangen, nach der Arbeit, vier Uhr, aber sie war geschlossen, und ich konnte nichts sehen durch die verdunkelten Scheiben. Iris ist auch freundlich, aber anders als Moni. Obwohl sie gute Laune hat, macht sie die Arbeit, glaube ich, nicht gern. Ich hatte auch erwartet, daß Moni und Iris Freundinnen sind, daß sie wenigstens in der Pause miteinander sprechen, anders miteinander sprechen als Frau Fischer und die drei älteren Frauen, daß sie sich manchmal auf dem Flur treffen oder eine bei der anderen ins Zimmer schaut, während sie unter dem Bett staubsaugt, die Glühbirne der Nachttischlampe oder die obere Türleiste abwischt. Moni und Iris sind Zimmermädchen, aber sie haben noch etwas, das fern von diesem Hotel ist, von diesen Zimmern mit Blick auf das riesige gelb-blaue Stiefmütterchenbeet, das wie ein Bettvorleger davorliegt. Ich habe Moni gefragt, was sie am Wochenende macht, wenn sie nicht arbeiten muß. Sie putzte und keuchte, und ich dachte, daß sie von den vielen Unternehmungen mir nun eine verrät. Sie sagte, nichts, ich mache nichts weiter. Ich koche, ich gucke Fernsehen, und manchmal besuche ich meine Eltern. Ich konnte nicht glauben, daß sie nicht ausgeht, Freunde trifft, lacht, ganz laut lacht. Ich konnte mir nicht vorstellen, daß sie still im Wohnzimmer sitzt und fernsieht oder bei ihren Eltern ist und zuhört. Ich bin am Wochenende zu Hause, ich sehe fern und esse, was meine Mutter gekocht hat. Aber ich arbeite nicht, habe nicht frei und auch kein Geld. Ich muß zu Hause bleiben. Ich bin am Wochenende zu Hause und sonntags haben meine Eltern Besuch. Der Besuch kommt im Winter am Nachmittag, im Sommer vormittags. Wenn es sehr heiß ist, ziehen die Männer ihr Hemd aus und die Frauen tragen nur eine Schürze. Sie holen das Bier aus dem Keller und bringen die Torte dorthin, damit der Guß fest wird. Im Sommer schleppen sie den Tisch und die Stühle von der Veranda unter den Apfelbaum und sitzen da, bis sie aufbrechen, bis der Sonntag zu Ende ist und am Montag alle wieder arbeiten müssen. Sonntage im Sommer finden draußen statt, unter Blättern, die sich bewegen und manchmal auf die Tischdecke fallen und liegenbleiben. Sonntags sitzen auch meine Eltern am Tisch, unterhalten sich mit dem Besuch und lachen und schimpfen und nicken manchmal im Sitzen ein. Im Sommer sind die Kartoffeln am Sonntag zu heiß, das Fleisch ist zu viel und das Gemüse zu weich. Die Sonntage im Sommer gehören meinen Eltern und ihrem Besuch. Ich sagte zu Moni, morgen kann ich ein Zimmer allein saubermachen. Sie sagte, warum, zusammen macht es doch mehr Spaß. Ja, wollte ich sagen, zusammen ist es nicht so langweilig, aber ich wußte plötzlich nicht mehr, wie Moni das meinte. Sie wollte mir nichts erzählen und fragte mich nichts. Monis Leben lag wie Iris' Nächte im Dunkeln hinter den Scheiben der Postkutsche, aber sie wollte mit mir saubermachen. Sie sah auf die Uhr und sagte, Frühstück. Ich wollte nicht mit den Frauen in einem Raum vor schmalen geschlossenen Metallschränken sitzen, die mit Staublappen, Putzmitteln, ihren Pullovern, Röcken und Jacken gefüllt sind. Die Frauen rauchen und trinken Limo mit Kohlensäure. Wenn eine ein Fenster öffnet, sagt bald eine andere, mach zu, das zieht. Gestern bin ich während der Pause im Zimmer geblieben, das wir gerade saubermachten. Ich legte mich auf das Bett, auf das rote Inlett, und stellte mir ein Wochenende im Hotel vor. Zugfahrt, ein volles Abteil, Koffer, der Weg zum Hotel, das Aufschließen des Zimmers, man fällt aufs Bett und plötzlich klopft es an der Tür. Draußen stehe ich und frage, ob alles in Ordnung ist. Ich frage den Gast, ob er sich wohl fühlt, ob er einen Wunsch hat, ein Flasche Wasser vielleicht oder einen Kaffee, warten Sie, ich bringe Ihnen einen Kaffee. Ich laufe den Flur entlang und suche das Zimmer mit der Kaffeemaschine. Ich finde nur den Aufenthaltsraum. Die Tür ist offen und ich höre die Frauen reden. Sie sind laut und lachen über etwas, über jemanden und ich traue mich nicht hinein. Ich bleibe im Flur und verzage. Der Gast wartet auf seinen Kaffee. Ich hatte ihm einen Kaffee versprochen und nun wird er enttäuscht sein. Er wartet auf mich und ist enttäuscht.

Ich gehe mit Moni in den Frühstücksraum. Iris sitzt am Fenster, raucht und lächelt mich nicht an. Frau Fischer sagt, an der Tür hängt der Dienstplan. In der Sonntagsspalte ist ein Kreuz auf der Zeile mit meinem Namen. Ich muß am Sonntag arbeiten. Am Sonnabend habe ich frei. Sonnabends haben meinen Eltern keinen Besuch. Am Sonnabend schichtet mein Vater den Komposthaufen um. Am Sonnabend macht meine Mutter sauber, wischt im Schlafzimmer, Wohnzimmer, im Flur und in der Küche und schimpft, daß sie alles allein machen muß.

Der Sonnabend ist kein freier Tag, ich kann nicht weg, weil ich kein Geld habe, ich muß zu Hause bleiben, weil ich da wohne, ich tue nichts, weil meine Mutter alles schnell und selbst erledigt. Ich möchte am Sonnabend nicht zu Hause sein. Ich möchte arbeiten im Hotel, ich möchte Badewannen schrubben und Tische abstauben, obwohl kein Staub draufliegt, ich möchte frische steife Bettwäsche aufziehen, obwohl man keinen Dreck an der alten sieht und ein zweiter Fremder genausogut darin schlafen könnte, ich möchte Zimmer lüften, obwohl man nichts riecht von einem Menschen, der hier gewesen sein soll. Am Sonntag kann ich nicht hier sein, sage ich, und Iris sagt, mit der Direktrice kann man nicht diskutieren.

Ich stehe in dem Aufenthaltsraum und möchte raus. Ich muß mit der Direktrice sprechen, die ihr Büro eine Etage tiefer hat. Ich muß ihr sagen, daß am Sonntag der Besuch kommt, Inge und Kurt oder Annemarie und Fred, und daß schönes Wetter sein wird, hoffentlich, und alle unter Bäumen im Wind sitzen werden. Und? wird die Direktrice fragen. Nichts weiter, werde ich sagen, es geschieht nichts weiter, sie unterhalten sich, und wenn der Nachbar zum Tor hereinkommt, verdrehn sie die Augen, weil er nicht eingeladen ist und trotzdem bleibt. Und? wird die Direktrice wieder fragen, was soll das? Ich weiß nicht, muß ich dann sagen, ich muß dasein, ich muß wenigstens dabeisein, wenn schönes Wetter ist und alle sitzen und sprechen den ganzen Nachmittag. Du hast schon viele Sonntage gehabt, sagt die Direktrice vielleicht, und dann sage ich, nein, so viele waren es nicht, es sind nur Sonntage, nur dieser eine Tag in der Woche, und ich merke, wie mein Hals immer trockener wird, und ich müßte die Direktrice, die nie ein Mädchen gewesen ist und deswegen dies alles nicht wissen kann, fragen, ob sie ein Glas Wasser hat, aber so etwas kann man diese Frau nicht fragen und ich werde mit den Füßen auftreten und laut sagen, nehmen Sie Moni, die macht nichts Besonderes am Wochenende, und ich werde so lange im Zimmer bleiben, bis die Direktrice mich rausschmeißt. Das Gespräch wird vollkommen überflüssig gewesen sein. Alles Quatsch, wie meine Mutter oft sagt.

Iris öffnet das Fenster. Sie guckt auf die Postkutsche und denkt vielleicht an ihre Tochter. Sie will heute abend wieder dorthin gehen, sie wird wieder etwas machen, was hinter verdunkelten Scheiben stattfindet. Aber Iris muß bis vier im Hotel bleiben, in dem Aufenthaltsraum, der nach Staub und Zigarettenqualm riecht, auf dem Flur, der alle Geräusche schluckt, in den Zimmern, die kantig und eng sind. Iris muß nur warten, aber mein Sonntag fällt aus, das ist verkehrte Welt, wie mein Vater manchmal sagt. Der Lärm der Straße kriecht die Hotelwand hinauf und ins Zimmer hinein. Er läßt die trockene Luft aus dem Aufenthaltsraum nicht raus und ich schreie. Ich bin so laut wie der Lärm von der Straße und ich werde ihnen sagen, daß sie nur dummes Zeug in ihrer Freizeit machen, aber ich am Sonntag zu Hause sein muß. Daß sie nichts Schönes, Helles an ihren freien Tagen machen, sondern allein sind oder mit Fremden zusammen, daß sie keine Ahnung haben von gemeinsam verbrachten Tagen. Ich kann nicht mehr schlucken, sehe nochmals auf den Dienstplan, aber die Zeilen verrutschen vor meinen Augen. Ich möchte etwas trinken, aber ich möchte keine Kohlensäure in meinem Hals. Ich möchte weg von hier, es gibt sowieso kein Trinkgeld, das lohnt sich alles nicht, sagen meine Eltern manchmal.

Ich werde am Sonntag hiersein und ein Zimmer allein saubermachen. Vielleicht sehe ich am Sonntag einen Gast. Vielleicht schlafen sie am Sonntag länger, und ich kann einen begrüßen. Ich kann vielleicht fragen, wie es ihm in der Stadt gefällt, ob ihm das Zimmer gefällt, ob es ihm auch etwas zu eng ist, aber für den kurzen Aufenthalt ausreicht, ich kann vielleicht fragen, woher er kommt und wie es in seiner Stadt aussieht. Moni hat am Sonntag frei. Ich werde sie nicht noch einmal fragen, was sie sonntags macht. Moni ist langweilig und dick, und es ist kein Wunder, daß in ihrem Leben nichts Besonderes geschieht. Ich werde am Sonntag ganz leise über den Flur gehen und mit dem Wagen nirgends anstoßen. Sonntag ist nicht einfach ein siebter Tag der Woche. Am Sonntag muß ich dasein, weil es der einzige Tag in der Woche ist, der so ist und nicht anders.

Schnell vorbei

Sie haben gesagt, ihnen ist nicht kühl, und sie haben für einen Augenblick nichts weiter gesagt und dann von etwas anderem gesprochen, untereinander, und ich habe es am nächsten Tag noch einmal versucht, ich bin ohne Jacke losgefahren, und im Haus und davor, also draußen, wo ich auf das Fahrrad stieg, war ein normaler früher Morgen, hell und frisch und in unserer Straße war es sogar noch still, aber als ich fuhr, als der Fahrtwind über meine Haut zog, über meine Haut schliff, auch weil die Straße abschüssig verläuft, bekam ich Gänsehaut, die konnte ich sehen auf meinen Armen, und mir wurde am ganzen Körper kühl, das T-Shirt wedelte gekühlte Luft auf meinen Bauch und über meinen Rücken, und ich hatte die Strickjacke mitgenommen trotzdem, obwohl ich ohne etwas fahren wollte, ich wollte ohne etwas zur Arbeit fahren, als machte ich einen Ausflug, und die Jacke klemmte auf dem Gepäckträger, und nun hielt ich noch einmal an, stand gespreizt über dem Fahrrad, drehte mich und zog die Jacke hervor, und als der Bügel zuschnappte, knallte es in der Straße, die Straße ist wie eine Schlucht, und wenn jemand bei offenem Fenster schlief, war er jetzt munter eventuell, stand auf vielleicht und sah hinaus, sah, wer kurz nach fünf Uhr auf der Straße eine Strickjacke anzieht, eine Strickjacke mitten im Sommer, an einem Tag, der wieder zu heiß würde für jede Bewegung, für jede Regung, aber jeder muß arbeiten, jeder braucht Geld, aber alle waren träge, faul, verschwitzt, eine schmierige Schicht auf den Gesichtern, feuchte Hände, aneinandergeklebte Oberschenkel, schwer atmen, Schatten, ausruhen, aber durch den Fahrtwind war es fast kalt, ich hätte mich erkältet, frierend wäre ich am Fabriktor angekommen, das immer offensteht wegen der LKWs, die die Paletten schließlich abtransportieren, bestimmt in die Geschäfte fahren, aber bis dahin müssen die Gläser oder Büchsen gefüllt werden, mit Gurken, Gewürzen und Essig, den ganzen Tag lang, das heißt, eine Schicht lang, von halb sechs bis zwei, damit man früh fertig ist, früh anfangen, früh fertig sein, hat eine der Frauen gesagt, und ich dachte an Frieren und Schwitzen, an Müdigkeit, aber ich sagte nichts, weil die Frau auch nicht direkt zu mir gesprochen hatte, sie hatte mich nicht angesehen dabei, als sie das gesagt hatte, sie sprach, weil das vielleicht zu ihrer Arbeit gehörte, Gurken in Gläser quetschen, Essig darüberlaufen lassen, sitzen oder stehen und quatschen dabei und nach Essig riechen die ganze Zeit, ich rieche nach Essig, als ob nicht die Gurken damit begossen, sondern wir, die Mädchen, damit geduscht würden, und es gibt Duschen im Frauenumkleideraum, ich dusche nach der Arbeit, was aber nichts hilft, was vielleicht an der Seife und am Wasser liegt, an beidem zusammen, sie dringen nicht mehr durch den Essigfilm, den man auf der Haut hat, Essig konserviert, und nun läuft man damit herum, für eine Weile, und danach bekommt man Geld, dann ist es vorbei, aber bis dahin haben wir es mit den Gurken und Essig und so weiter zu tun, mit ein paar älteren Frauen, mit einem älteren Mann und den LKW-Fahrern, und mit uns natürlich, mit ein paar Mädchen, die auch Geld haben wollen, die etwas kaufen danach, vielleicht eine Bluse oder eine Tasche oder sparen, ich weiß nicht, und die wie ich am Tor warteten am ersten Tag und manche kannten sich und manche nicht und standen darum allein, und zehn Minuten vor Arbeitsbeginn kam eine Frau in weißer Schürze und mit einer weißen Haube und ihre Stimme war so wie von Leuten, die in ihrem Leben mehr geschrien als gesprochen haben, und man wartet immer auf das nächste Schreien, und sie schrie, guten Morgen, wir gehen jetzt in den Umkleideraum und dort werden Ihre Personalien aufgenommen und bitte nicht trödeln meine Damen, wieso nimmt sie an, daß wir trödeln würden, dachte ich, und wir gingen gemeinsam durch das schon die ganze Zeit offene Tor und über den Hof, und ich wollte nicht trödeln, aber auch nicht stolpern über die Beine des Mädchens vor mir und neben mir, und so gingen wir über den Hof, dann durch eine normal breite Tür, wodurch das gemeinsame Gehen bedeutend langsamer wurde, und im Umkleideraum lag ein Stapel weißer Schürzen und ein Berg Hauben, Hauben aus Tüll, würde ich sagen, in deren Saum Gummi eingezogen worden war, und das ziehen Sie jetzt an, schrie sie, warten Sie danach, bis die Kollegin kommt und Ihre Namen aufnimmt, und wir zogen unsere Hosen und T-Shirts aus, alle trugen Hose und T-Shirt, und die weiße Schürze an, die Schürze bedeckte bei manchen Mädchen die Knie, bei manchen nicht, die Schürzen gibt es in zwei Größen, die Schürze hat kurze Arme und ist steif und weiß, und einige Mädchen setzten die Haube auf und lachten, klar gab es Gelächter beim Aufprobieren der Hauben, das wird sich legen, dachte ich, es ist nur für kurze Zeit, jeden Tag diese Schürze und diese Haube, scheiß Haube, und der Saum der Schürze wippte beim Gehen an meine Kniekehlen, als ob man mich bei jedem Schritt an etwas erinnern wollte und noch dazu sagte, geh schon, mach schon, und ich setzte die Haube auf und dachte, es ist nur eine Fabrik, alles Frauen in dieser Fabrik und jede arbeitet und am Nachmittag ist es vorbei, und zuletzt bekomme ich Geld, ich weiß noch nicht, was ich mit dem Geld machen will, und ich setzte mich auf eine Bank, so eine Turnhallenbank, und wartete, bis eine Frau in einem enganliegenden türkisen Kleid und Schuhen aus roten glänzenden Riemchen kam und sagte, bitte laut und deutlich den Namen, und sie sagten, Bettina Kreuzner, Anke Fichtner, Godelind Mattlin, kicherten, die Frau schrieb weiter, Steffi Wruck, Corinna Schulte, und so ging das weiter, jede sagte ihren Namen, laut, und dann ging die Frau und sagte denselben Satz, wartet bis..., und so weiter, die erste Kollegin kehrte zurück und schrie, wir fangen bei den Gläsern an, mir egal, dachte ich, und sie führte uns in eine große Halle, in die auch ein kleines Flugzeug gepaßt hätte, aber die Halle war leer, keine Menschen, nur Tresen und Barhocker könnte man sagen, auf den Tresen fuhren leere Gläser, auf die Hocker mußten wir uns setzen und Gurken von einem angeschraubten Tablett nehmen und in ein leeres Glas stopfen, das man vorher vom Band genommen hatte und voll wieder darauf stellte, ein schmales Fließband mit leeren Gläsern, das sah fast schön aus, alle Gläser gleich groß, alle Gläser sauber, und sie fuhren dicht an dicht ein bißchen zitternd und klirrend durch die Halle, das hätte man filmen sollen fürs Fernsehen, aber ohne uns, nur die Gläser, in ihrem Chic und der Beherrschung, Sie nehmen die Gurken und stopfen sie einzeln und senkrecht in das Glas, Sie quetschten so viel wie möglich hinein, schrie die Frau und beanstandete anfangs jedes Glas, das wir füllten, und sagte, nein, mehr, so, und ich hatte am Abend Schmerzen, meine Fingernägel schmerzten, weil mit jedem Hineinquetschen einer Gurke der Nagel in meinen Finger zurückgeschoben wurde, sie stießen sich ab sozusagen, und es tat so weh, daß ich die Finger permanent wechseln mußte, und außer mit dem kleinen Finger stopfte ich abwechselnd mit dem Daumen, Zeige-, Mittel- und Ringfinger diese Scheißgurken in die Gläser und wußte nicht, wie ich das länger als einen Tag aushalten sollte, aber während der Arbeit verging der Schmerz, weil viel gequatscht wurde, weil die Gläser klirrten und der Motor, der dieses Fließband mit einem Ruck, wie ein Schreck am Morgen, antrieb, übertrieben laut blieb und alles fast zudeckte mit seinem Lärm, und am vierten Tag schrie die Kollegin gegen zehn, Sie gehen jetzt zur Anlage rüber, und sie meinte damit eine kleinere Halle, in der Gurken in einer Fünf-Liter-Konservenbüchse verschweißt und gekocht werden, hier mußten wir nicht mehr unsere Finger in Gläser quetschen, hier standen wir entweder vor einer Waschanlage und hatten die Hände acht Stunden lang in kaltem Wasser, oder vor einer Sortieranlage und suchten angefressene Gurken aus, oder füllten die riesigen Büchsen mit Gurken wie verrückt, zwei gossen mit Gewürzen vermischten Essig in die Dosen und die nächsten legten einen goldenen Deckel drauf, ein Automat verschloß Deckel und Büchse mit einem Knall, und ein alter Mann schob die Büchsen in eine Kochmaschine, aus der sie nach einer Weile mit Getöse herausrollten und in ein Becken mit kaltem Wasser klatschten, aus dem wir sie herausholten und auf eine Palette stapelten, das machte am Anfang sogar Spaß, es waren solche Massen, es kam nicht auf zwei Millimeter an, nicht auf zehn Gramm, es war nicht so laut, die Halle war offen, wir standen fast draußen, wir sahen die Sonne und konnten uns unterhalten, ohne zu schreien, aber da war der Essig, der aus diesem Hahn schoß, als wäre er Benzin, und ich machte diese Arbeit meistens, und der Essig spritzte auf meinen Bauch, nach einer halben Stunde war meine Schürze klatschnaß, nach einem halben Tag brannte meine Haut und der Geruch blieb, wir arbeiteten, und vor der Halle warteten LKW-Fahrer in der Sonne, bis eine Palette mit den Büchsen voll war, sie saßen so mit einem angewinkelten Bein auf einem Stapel und manche rauchten und sie sahen in die Halle meistens und sprachen miteinander, und wenn eine Palette mit vier Etagen goldenen Büchsen voll war, mußte eine von uns in die Sonne hinausgehen und ein Zeichen geben oder etwas rufen, und daraufhin, meine Mutter würde sagen, bequemte sich einer aufzustehen und kam in die Halle, er nahm die Deichsel langsam auf, pumpte die Hydraulik von dem Gabelstapler so langsam hoch, daß es manchmal einen Stau gab, bis wir die nächste Palette vor die Kochmaschine zerren konnten, und eine der älteren Kolleginnen kam und sagte, warum dauert das so lang, und auch die Deichsel ergriff und mitpumpte, woraufhin der LKW-Fahrer grinste, zu einem der Mädchen in die Runde grinste, und die ältere Frau zog die Palette mit dem Mann in die Sonne hinaus, und ich fragte mich, wieso sie das machte, sie war schon kleiner geworden vor Alter, und draußen ließ sie die Deichsel los und tat noch ein paar Handgriffe mit uns, fischte abgekühlte Büchsen aus dem Wasser, der Mann schob mit einem kräftigen Ruck die Palette auf die heruntergelassene Rückfront, drückte auf einen Knopf und fuhr hinauf, auf das Niveau der Ladefläche, und nach einem bißchen Hin und Her und Runterfahren saß er wieder in der Sonne, die Männer unterhielten sich, wir konnten nicht hören, was sie sagten, das hörte man nur, wenn man sich ihnen näherte, und das mußte ich einen Tag lang einmal tun, ich war an dieser Kühlwanne eingeteilt, wir mußten uns bücken und heben und wieder bücken, und als eine Palette voll war, stieß mich die Alte, die mal hier und mal da arbeitete, an der Seite an, mit ihrem Unterarm berührte sie meine Hüfte und zeigte in den sonnigen Hof, und ich war plötzlich aufgeregt, aufgeregt ein paar Schritte zu gehen und zu sagen, würden Sie bitte kommen, die Palette ist voll, oder etwas Ähnliches, auf den paar Metern fiel mir nicht der richtige Satz ein, und ich sagte nur, die Palette, und zeigte darauf, auf das Innere der Halle, und die Männer unterbrachen ihre Unterhaltung, lächelten mich auch an und sagten, fertig?, ja, sagte ich noch und ging wieder zurück, und einer der Männer folgte mir, ich hörte seine Schritte, die Schürze wippte in die Kniekehlen, draußen war es heiß und hell, die Schürze weiß, einer der Männer trug kurze Hosen, sie hatten die ganze Zeit gewartet, in der Halle war es schattig, an der Kochmaschine heiß, am Wasser und am Essig kühl, zwischen zwei Dutzend Mädchen mischten sich ein paar alte Frauen, die immer wußten, wie man es macht, schneller zu arbeiten und geschickter dabei, und dann hörte ich das Geräusch der Gabelstaplerrollen auf dem Asphalt, der Mann pumpte und so weiter, und ich sah ihn am besten gar nicht an, und den ganzen Tag mußte ich jedes Mal rausgehen, wenn goldene Konserven aufgestapelt waren, und einmal sagte einer, mach doch mal 'ne Pause, setz dich zu uns, und ich tat so, als hörte ich nicht, ging zurück und hatte die Nase voll, ich sagte zu einem Mädchen, los geh du mal, aber sie sagte, nee, und ich dachte, Scheiß drauf, und am nächsten Tag wurde ich beim Essig eingeteilt, und das blieb so jeden Tag, und ich traf mich in den verbliebenen zwei Wochen mit niemandem am Nachmittag, auch weil ich müde war, aber meine Haut, meine Haare rochen nach Essig, ich hatte jeden Tag diesen Zapfhahn in der Hand, aus dem ein dicker Strahl Essig schoß, als würde man das mit einem Vergrößerungsglas betrachten, und am nächsten Tag stand eines der Mädchen morgens in der Umkleidekabine vor dem Spiegel und schminkte sich die Lippen, wozu machst du das, sagte ich zur ihr, hier ist doch keiner, ist doch egal, sagte sie, und das Geschimpfe der Mädchen über die Schürzen hatte ich ja die ganze schon Zeit gehört, aber jetzt wollte eine ihre Schürze mit nach Hause nehmen und sie kürzen, sie sagte, das sage ich denen gar nicht, ich nehm die einfach mit, die nächste wird sich freuen, eh, das ist eine gute Idee, sagte ein anderes Mädchen, und am nächsten Tag kamen sie in Schürzen, die, weil sie nicht ganz ihre Größe waren, weit, zwei Nummern vielleicht, von ihrem Körper abstanden, auch die Ärmel, wie eingepackt und aufgeblasen sahen sie aus, und dann fingen sie morgens in der Umkleidekabine gemeinsam an, sich zu schminken und die Haube nach einem bestimmten Prinzip aufzusetzen, und einige der Mädchen wurden eine Gruppe, die immer laut, immer zusammen und gleicher Meinung war, es gab auch ein paar Mädchen, die nie was sagten, eine hängte ihre Sachen so ordentlich in den Spind, als bekäme sie eine Prämie dafür, eine roch morgens schon nach Schweiß, aber die Mädchen dieser Gruppe blieben den ganzen Tag in Kontakt, auch über die Maschinen und Bänder hinweg, sie waren wie ein Netz, ein sich bewegendes Netz, und als eine von ihnen in den Hof trat, um was weiß ich welchen Satz oder welches Wort zu den LKW-Fahrern zu sagen, lachten die anderen laut und plötzlich darüber, genau in dem Moment, als das Mädchen draußen die paar Worte sagte, was aber in der Halle niemand hören konnte, so daß zu der ganzen Arbeit langsam auch die Stimmen dieser Mädchen gehörten, die Maschinen, die Geräusche, ihr Lachen und ihre Schminke und die kurzen Schürzen, und einige von ihnen mußten immer öfter auf die Toilette während der Arbeit, in diese Zeit wurde sie durch eine andere ersetzt, und ich staunte, als ich sah, daß einer der LKW-Fahrer auch über den Hof ging, kurz nachdem, ich hatte sie nie nach ihrem Namen gefragt, ein Mädchen aus der Halle in Richtung der Umkleidekabine, wo auch die Toiletten waren, schlenderte, denn die Männer hatten dem, der aufgestanden war, auf die Schulter geklopft mit besonderer Kraft, daß es wie ein Anstoß war, und ich hatte plötzlich so ein Klopfen im Hals, obwohl nicht ich es war, der jemand folgte, ich sah zu den alten Frauen, sie bemerkten nichts, ich sah zu den anderen Mädchen der Gruppe, sie kicherten, und ich dachte, vielleicht hat sie sich mit dem Mann verabredet, in der Umkleidekabine verabredet, und ich fragte mich, was die reden wollen in so einem blöden Raum, in so einer kurzen Zeit, in so beschissenen Klamotten, ich möchte nicht mit einem in dieser Schürze reden, dachte ich, man kann nicht richtig stehen und gehen in diesem steifen Ding, man ist nicht man selbst, und der Geruch dazu und man reißt sich die Haube vom Kopf und alles ist doch Scheiße daran, und die Nachmittage während der Zeit als ich in der Fabrik arbeitete, waren langweilig, weil ich mich nicht verabredete, weil ich so früh aufstehen mußte und nachmittags todmüde war, und als wir uns an diesem Tag umzogen nach der Schicht, sagte eines der Mädchen im Trubel, eh, wir kommen mit, das hättste gerne, sagte die Angesprochene, und ich dachte, vielleicht hätte ich etwas anders machen dürfen, ich hätte nicht so aufgeregt sein müssen, ich hätte einen direkt ansehen und sagen können, eh, eine Palette ist voll, kommen Sie?, und ich stellte mir vor, wie ich diesen Satz sagte zu einem Unbekannten, und ich dachte, ich weiß nicht, wie man das macht, was man sagt, wie man steht dabei und weggeht und wiederkommt, und in einer Fabrik ist man an einem unbekannten Ort, und ich dachte, die Mädchen haben das irgendwo gelernt, und als wir hinausgingen, sagte eine zu mir, was hast 'n 'ne Jacke unterm Arm, ist dir kalt?, nein, mir ist nicht kalt, sagte ich, aber morgens auf dem Fahrrad ist es kühl, der Fahrtwind kühlt doch, eh, das ist doch nicht kalt, sagte sie, das sind doch nur paar Meter, und das hatten auch die anderen Mädchen, sie waren ja immer zusammen, gehört und sagten fast einstimmig, ihnen wäre nicht kühl, wie gesagt, und ein, zwei sahen mich auch an und lächelten ein bißchen, aber sie interessierten sich nicht weiter für mich und dann gingen sie gemeinsam fort, und ich stieg aufs Fahrrad und fuhr los.

Nötigung

Von der Brücke aus gesehen, über die ich manchmal mit dem Bus fahre, ist der Fluß ein schwarzer gerader Strich, der sich durch den Park schiebt und am Ende eine Kerbe in den Horizont schneidet. Auf der anderen, der linken Seite der Brücke schlängelt er sich durch die Stadt. Oft sieht man ihn gar nicht. Hinter Häusern, Garagen, Zäunen fließt er versteckt und unhörbar. Manchmal kriecht sein Geruch durch die Höfe und Toreinfahrten. Heute ist Sonntag. Ein schöner Frühlingstag. Heute riecht der Fluß nicht. Theresia, sie heißt nicht Theresa, sondern Theresia, wie sie jedem deutlich erklärt, sagte, ganz hinten ist ein Wehr, ich hole dich ab zu einer Fahrradtour. Dahinten ist nichts mehr, sagte ich, weil ich keine Lust hatte, Fahrrad zu fahren, keine Lust hatte, rauszugehen und zu sprechen und mich zu bewegen. Du wirst schon sehen, sagte sie, schmunzelte und blieb vor der Tür stehen. Ich hatte auch keine Lust auf ihre Geheimnisse. Aber die Sonne schien wie mehrfach von Spiegeln geblendet in mein Zimmer, ich hatte das Fenster seit Vormittag geöffnet, und ich wollte das Ende des Flusses, das Bild zwischen den beiden Bushaltestellen doch einmal von nahem sehen.

Theresia trug eine helle Hose, eng und mit breiten langen Schlaufen am Bund. Ihr Vater würde ihr von der nächsten Reise einen Gürtel mitbringen, und als sie das gesagt hatte, war ihre Mutter lächelnd und keinen von uns beiden anblickend durch die Diele gelaufen. Mutter, lächeln. Fahr nicht so schnell, sagte ich und drehte mich um. Ich konnte die Brücke noch sehen, aber nicht mehr, wie die obere Hälfte der Autos über das Geländer rutschte und die untere durch die Gitterstäbe zuckte. Ich wollte stehenbleiben und diese Seite des Bildes eine Weile ansehen, aber Theresia rief, komm. Pedale treten, Wehr. Wir fuhren über festgetretene Erde, durch Kuhlen. Kieselsteine hüpften, die Reifen knirschten dabei. Links das Ufer hinter abfallendem Rasen, rechts jede Menge Bäume. Wald, Park? Die Speichen flirrten. Theresia beugte ihren Oberkörper und erhöhte das Tempo. Wieder lächelte sie mich an dabei, und ich dachte an das Wasser, an Oktober, an diese sinnlosen Bewegungen. Man faßt den Holm mit beiden Händen, streckt die Arme nach vorn und kreist abwechselnd in der Vertikalen, wie man die Pedale mit den Füßen bewegt. Die Blätter sind versetzt an den Seiten angebracht, aha!, würde meine Mutter sagen, und so tauchen sie immer mit der Kante ins Wasser, sie schneiden es. Wenn man diese Bewegung korrekt wiederholt, immerfort wiederholt, wenn man Muskeln in den Armen hat, kommt man schnell ans Ziel. Man kann das üben. Krafttraining, schwitzen, schlechte Luft im Raum, außer Atem sein. Schmerzen. Das macht Spaß, hatte Theresia gesagt, du kannst Jungs kennenlernen und auch die anderen Mädchen, und ihre Mutter hatte mir einmal, auch in der Diele, bei der Verabschiedung gesagt, du solltest etwas Sport machen, und ihre Mundwinkel zuckten dabei, und sie war sehr nett zu mir gewesen. Mädchen. Wenn man diese Bewegung auf eintausend Metern Wasser immer wieder machen soll, wenn man auf einem sehr schmalen Stückchen Plaste sitzt und eine Geschwindigkeit einhalten muß, die die Luft diktiert oder ein schreiender Trainer am Ufer, dann dehnen sich die eintausend Meter auf die Länge des ganzen Flußes, des ganzen Sonntages, der ganzen Zeit, die man in der Jugend, B-Jugend, hatte Theresia gesagt, hat. Nur vierter Platz. Immer wieder hatte Theresia erzählt, wieviel Spaß das macht, und ich hatte dann einmal meine Tasche gepackt und war mitgekommen. Fremde Jugendliche standen, saßen, lagen in einer Hütte, einem Schuppen. Theresia sagte, Bootshaus. Die Jugendlichen kannten sich sehr gut. Sie klopften sich zur Begrüßung heftig auf den Rücken, sagten sehr lang gedehnt, naa?, und mußten sofort lachen dabei. Oder zwei zogen sich von der Gruppe zurück und flüsterten in einer Ecke miteinander. Sie mußten dann gerufen werden, zur Besprechung des Trainings. Das, das und das. Mein Name. Theresia verschwand, und ein älteres Mädchen schleppte mit mir ein sehr schweres Boot ins Wasser. Für den Anfang, sagte sie. Beim Einsteigen schwankte das Boot, als ob Wasser eine dichte schwabbelige Masse sei und nicht teilbar in Spritzer, Tropfen, Rinnsale. Ich saß vorn, sie bediente die Steuerung mit ihren Füßen, und ich schaufelte das Wasser auf ihren Bauch. Macht nichts, sagte sie. Als wir wieder ausstiegen und das Training beendet war, ging sie ohne Gruß von mir fort. Wie war's? sagte Theresia. Ich weiß nicht, sagte ich, du lernst das noch, sagte sie und zuckte mit den Mundwinkeln.

Ich übte dienstags und freitags. Ich kam ins Bootshaus und wollte sagen, habt ihr immer Lust?, das Wasser ist schwarz, man sieht die Tiefe nicht. Ich mußte die Bewegung trocken üben. Ich saß auf einer schmalen Bank, die Arme erhoben kreisend, und der Junge mir gegenüber hatte langes welliges Haar, seine Hände waren nicht nur Haut, Glieder, Knöchel, Nägel, sondern Muskeln. Und die Muskeln spannten die Haut, machten sie hell, hoben die Knöchel hervor, verzögerten die Bewegungen. Zu Beginn hatte er gesagt, nein, so, so mußt du das machen, und ich schlug das Paddel durch die Luft. Er sah mir stumm zu. Meine Schultern verkrampften. Meine Augen flackerten. Ich bekam Durst. Nach einer Weile, ich war schon weit fortgepaddelt, stand er auf und sagte, ich komme gleich wieder, mach weiter. Ich übte und übte und übte. Als ich durch den Türspalt sah, stand er mit den anderen und sie lachten.

Plötzlich sagte Theresia, schade, daß du mit dem Training aufgehört hast. Wir fahren in zwei Wochen zu den Meisterschaften. Ein ganzes Wochenende. Alle sind dabei. In zwei Wochen, dachte ich, ist immer noch Frühling. Vielleicht werden es kalte Frühlingstage sein, und man glaubt nicht, daß der Sommer bald kommt. Man glaubt nicht, daß die Kühle einmal fortgehen wird. Ich glaubte nicht, daß Theresia etwas anderes wollte als paddeln. Ich war froh, einmal mit ihr in ein Boot steigen zu können. Das Kanu, das Schwanken, die Spritzdecke klemmt die Taille ein, und freiwillig schlägt man sich vom Ufer. Zug um Zug schiebt man sich fort. Man kann nicht mehr aufstehen und gehen, man sitzt im Wasser fest und kämpft gegen das Treiben, feuert die Strömung an oder man ruht, dann ist man verloren. Man sieht die Stadt von hinten, wenn man auf dem Wasser ist. Das Laub, die Mauern, Müll. Ein Motorboot, ein Motorboot kam uns entgegen, ganz leicht, und das Kanu knallte auf Wellen. Die Bewegung brach nicht mehr ab. Das Boot selbst schien das Taumeln und Knallen anzutreiben und ich sah mich um und da saß Theresia, hielt sich fest und drückte alle Energie ins Schaukeln, ins Überschlagen und mich Anlächeln. Sie war fast am Ziel und auch ich hielt mich fest. Das Boot kippte zur Seite und das Wasser floß hinein, als ob es ganz dringend einen Zufluchtsort gesucht hatte. Ich fiel in das schwarze Wasser, das an diesem Tag auch nicht roch, aber kalt wie Metall war. Ich tauchte auf und begann zu schwimmen. Theresia lachte nun laut und schrie, und wie is' es?, wie is' es?, und sie sprühte Wassertropfen aus ihrem Mund und konnte sich nicht entscheiden zwischen schwimmen, lachen oder atmen. Wir stießen das Boot Richtung Ufer, auch die Paddel. Ich habe das extra hier gemacht, sagte sie, hier ist ein Steg, da kommt man besser raus. Ich kann schwimmen, dachte ich, wozu muß ich kentern üben. Jetzt hast du das auch mal erlebt, sagte Theresia, und das Wasser lief an unseren Körpern herab, klebte die Kleidung an die Haut, und wir sahen aus wie dreckige Fetzen. Das schwarze Wasser tropfte auf den Steg und auch da blieben schwarze Flekken auf dem Holz. Theresia erklärte, wie man das Wasser aus dem Boot laufen läßt und es auf den Steg hebt. Es könnte brechen, ein Riß entstehen. Wir setzten es wieder hinein und paddelten zum Bootshaus zurück. Das war im Oktober.

Es hat mir nicht soviel Spaß gemacht, sagte ich. Schade, sagte sie noch mal. Sie sah nach vorn und sagte, jetzt ist es nicht mehr weit. Ich hörte Rauschen, erst leise, dann einen immer lauter werdenden Dauerton. Das Wehr war vielleicht kein richtiges Wehr. Der Fluß fiel herab aus einer Höhe von nur knapp zwei Metern vielleicht und floß dann über wirr übereinanderliegende, kantige und runde Steine, unzählige. Das Wasser strömte wie aus einem riesigen stillen Meer zu seinem Abgrund und bewegte sich scheinbar unbeschadet nach dem Fall weiter. Es hatte sich geteilt, es war vielleicht angeschlagen irgendwie, aber daß es sich überhaupt bewegen konnte, war nun sichtbarer als zuvor. Der Fluß war nun wirklich ein Fluß. Nicht nur wegen des Lärms, den er dabei verursachte. Ich hätte nicht hören können, wenn Theresia etwas zu mir gesagt hätte. Vielleicht hat sie auch etwas gesagt. Hinter dem Wehr war kaum zu sehen, ob sich der Fluß bewegte oder still verharrte. Und bei dem Auftreffen auf die Steine schäumte das Wasser, und dabei vielleicht entwich ein Geruch, der steinern, herb war. Der Lärm und der Geruch waren so gewaltig, daß ich dachte, man könne beides an diesem Ort nicht auseinanderhalten.

Ich weiß nicht, wie lange wir an dem Wehr blieben. Ich lief herum, ich setzte mich, ich versuchte auch einmal zu schreien, aber so, daß es Theresia nicht hören sollte. Ich sah zu ihr, sie reagierte nicht. Ich nahm mir vor, mindestens jeden Sonntag hierher zu fahren und eine Weile zu bleiben. Ich überlegte, wem ich von diesem Ort erzählen könnte, aber dann wollte ich ihn doch für mich allein haben. Ich lief in einer Richtung am Wehr entlang, dann in der anderen. Ich glaubte schon, Dröhnen ist Stille. Ich ging zu Theresia. Wollen wir gehen? sagte ich, ja, sagte sie.

Wir stiegen auf die Fahrräder, und Theresia blieb mit dem Hosenschlag an der Pedale hängen. Der Saum riß ein

Stück und hing nun lose herab. Scheiße, sagte sie und untersuchte die Stelle lange. Sie krempelte das Hosenbein zweimal um, und wir fuhren los. Wir hörten das Wehr noch, als zwischen den Bäumen, von einem schmalen Weg fünf, sechs Jungs, so schnell wie sie uns stoppten, umkreisten und wieder verschwanden, konnte ich sie nicht zählen, auf Fahrrädern erschienen. Sie sagten, wo wollt ihr hin. Theresia sagte, das geht euch gar nichts an. Zwei oder drei Jungs mußten hinter uns stehen, ich spürte, daß sie irgend etwas taten, vielleicht berührten sie den Kragen meiner Jacke oder hielten meinen Gepäckträger fest, ich weiß es nicht, die neben und vor uns stehenden Jungs sahen uns an, aber wieder auch nicht, vielleicht sah ich sie nicht genau an, ich wollte weder reden noch verbieten oder irgend etwas sagen, ich wollte weg, es hatte gar keinen Sinn, dieser Gruppe etwas zu erklären, zu sagen, an diesen Ort komme ich nicht noch einmal, eine Horde gegen zwei, wollte ich fliehen, würde ich aufgehalten, ich kann mich nicht mehr bewegen, vielleicht kann ich aufhören zu atmen, von hier komme ich nicht mehr fort, und Theresia quatschte irgend etwas zu diesen Jungs, sie grinsten, blickten zu den hinter uns stehenden, ein Zeichen, sie rissen ihre Fahrräder zur Seite und fuhren los. In den schmalen Weg hinein, aus dem sie gekommen waren.

Ich drehte mich um. Sehr langsam und sah, daß im hinteren Reifen von Theresias Fahrrad keine Luft mehr war. Sie sah es auch und sagte wieder, Scheiße, diese blöden Typen, und wiederholte dies mehrmals. Sie bückte sich und sagte, sie haben das Ventil herausgedreht, jetzt müssen wir den ganzen Weg zurück laufen. Wir schoben die Fahrräder. Ich schwieg die meiste Zeit. Als Theresia sich beruhigt hatte, erzählte sie von ihrer Mutter. Daß sie manchmal nach dem Abendbrot, wenn ihr Vater auf Reisen ist, mit ihr am Tisch sitzen bleibt und sie sich unterhalten, bis nach neun. Ihre Mutter erzählt ihr dann von ihrer Hochzeit und daß auch Theresia einmal heiraten wird. Ihre Mutter hatte sich Kinder gewünscht und vier Jahre gewartet, bis sie ihren Vater geheiratet hatte. Ich wartete, daß Theresia sagen würde, ich möchte einmal heiraten. Aber sie hatte gesagt, meine Mutter meinte, wenn ich einmal heirate, wird alles anders sein. Sie, Theresia, könne alles so machen, wie sie es wolle. Schön, dachte ich und dachte auch an Theresias Mutter, wie sie mir einmal zum Abschied das Haar aus der Stirn gestrichen und ich ihre Fingerkuppen auf meiner Haut gespürt hatte. Ihre Fingerkuppen waren bei der Berührung viel größer, gröber, als sie beim Betrachten ihrer Hände mir erschienen waren. Ich war erschrocken, als ich den Unterschied bemerkt hatte.

Behausung

Du hast eben nicht aufgepaßt, sagte meine Schwester. Da sind Schienen, sagte ich, obwohl ich keine Lust hatte, das zu sagen, weil die Straßenbahnschienen immer schon da waren, und jeder wußte, daß man mit dem Rad hineinrutschen kann in diese Scheißschienen, und sie sagte, na ja, du hast eben nicht aufgepaßt, weiß doch jeder, daß die da sind, und in dem Moment hätte ich ihr eine kleben können, umdrehen und ausholen, aber ich hatte einen Kloß im Hals, ich hatte noch nie jemandem eine Ohrfeige verpaßt, ich konnte mich sowieso kaum bewegen in dem Moment, weil ich noch immer zitterte. Ich hörte noch immer die Tasche auf die Straße fallen, noch immer das blecherne klingelnde Aufschlagen des Fahrrades, ich selbst wurde noch immer zur Seite gestoßen so plötzlich und zu Boden geworfen. Ein Durcheinander von Geräuschen und Bewegungen schüttelte mich, obwohl es nun eine halbe Stunde her war. Ich zog die Tasche vom Gepäckträger, die mir schwerer als zuvor erschien, und hievte sie die Stufen ins Haus hinauf. Ich hörte, wie meine Schwester sich entfernte und zu ihrem Mann sagte, sie ist hingefallen. Ich stand in der Küche und hoffte, daß meine Mutter nicht hereinkäme. Ich hoffte, daß mein Vater das Gespräch nicht gehört hatte und meiner Mutter ins Haus folgte. Ich hoffte, daß mein Schwager sich jede Bemerkung verkniff, und wollte nur sitzen und warten, bis es alle vergessen, überhört oder sonst was hatten. Ich setzte mich an den Wohnzimmertisch wie mein Vater, wenn er über Kopfschmerzen klagt. Ich war mit dem Fahrrad gestürzt, direkt vor der Haltestelle, an der einige Leute gewartet hatten. Ich war sofort wieder aufgestanden. Ich hatte die Tasche genommen und sie wieder auf den Gepäckträger geklemmt. Ich hatte an meinem Hosenbein herumgewischt, mich dann aufgesetzt und war weitergefahren. Der Lenker wackelte, als ob er aus Gummi sei, als ob ich gerade Fahrradfahren lernte, meine Schwester noch immer hinter mir herrannte und rief, treten und gucken, treten und gucken, und ich trat und sah nach vorn und war froh, nur noch gerade Strecken, keine komplizierten Kurven mehr fahren zu müssen. Steig ab in den Linkskurven, hörst du, steig ab, hatte mein Vater stets zu mir gesagt, und ich hatte immer, ja ja, gesagt, aber jetzt war ich an dieser Scheißstelle gestürzt, wo die Schienen die Fahrbahn kreuzen, von der Mitte auf die rechte Seite wechseln und das in einer Linkskurve, hinter der Brücke, wo die Straße auch noch abschüssig verläuft und man den Arm raushalten muß. Abbiegen, Schienen überqueren, der Weg ist holprig, nach der Tasche greifen, das Fahrrad wackelt von der Last auf dem Gepäckträger, dann den Arm wieder raushalten, und ich war schon längst über die Schienen gefahren, aber plötzlich lag ich auf dem Asphalt direkt vor der Haltestelle, an der einige Leute standen und mich beobachtet hatten bestimmt. Fahrradfahren ist keine Kunst, Fahrradfahren verlernt man nicht. Ich war so schnell wie möglich wieder aufgestanden, weil ich schon das gereizte Klingeln der Straßenbahn hörte, wenn sie abrupt bremsen muß, das Schleifen von Metall auf Metall, und sie es nicht mehr schafft eventuell, weil jemand auf der Fahrbahn liegt und sie am Weiterfahren hindert. Und erst jetzt fiel mir ein, daß die Straßenbahn gar nicht hatte klingeln können, weil sie nicht mal in der Anfahrt war, ich hätte sie ja überholen müssen auf der Brücke, vorher schon, aber da war keine Straßenbahn, auf der ganzen Strecke zuvor nicht. Aber ich hörte das Klingeln und beeilte mich deswegen und ich beeilte mich auch wegen der Leute, die standen und zusahen, als hätte ich das für sie gemacht, als wäre ich extra für sie dahingeklatscht, damit sie was zu lachen hatten in der Mittagssonne, an dieser langweiligen Haltstelle, an der kaum jemand steht am Wochenende, weil hier nichts ist außer Betrieben.

Ich wäre am liebsten nach Hause zurückgefahren. Ich hätte das Fahrrad geschoben, wieder die Brücke hinauf, mit dem Zucker, dem Brot, den Zitronen und der Thermoskanne in der Tasche. Hätten sie eben kein Brot gehabt bis Sonntagabend. Hätten sie selbst noch mal losmüssen. Ich bin nur der Bote mit der Tasche. Langsam wird es besser. Im Haus ist es kühl, die Rolläden sind heruntergelassen. Eine Fliege kreist über mir. Ich möchte mich hinlegen, aber ich muß hinaus. Das ist immer so, ich komme an, stelle die Tasche ab und sage dann zu jedem, hallo, ich bin da, hallo, da bin ich. Ich gehe jetzt raus. Ich muß dann auch sagen, was ich machen will, mithelfen oder lesen oder Kartoffeln schälen. Ich könnte sagen, daß ich mich hinlegen möchte, nur werden sie dann Fragen stellen. Nein, ich bin nicht krank, nein mir ist nicht schlecht.

Meine Mutter kommt die Stufen herauf. Ihr Körper drückt sich durch den Vorhang aus bunten Plastikstreifen, der in der Eingangstür hängt und das Haus vor Fliegen schützen soll. Was er aber nicht tut. Schwarzglänzende, fette Fliegen sind im Haus unterwegs, nehmen kreisend Anlauf und knallen gegen die Glasscheiben, daß es einem selber weh tut und man dann das Geschirrtuch nimmt und sie durch das offene Fenster direkt daneben wedelt, das sperrangelweit aufsteht. Sie sind zu blöd, den Ausgang zu finden, aber zum Sterben legen sie sich an ruhige Plätze, liegen tot auf dem Fensterbrett hinter der Streichholzschachtel, auf den Schränken und in den Ecken oder rutschen in das Netz der an der Seite zusammengerafften Gardinen. In dem Haus sterben die Fliegen, wenn man ihnen nicht mit Gewalt den Ausgang weist. Die bunten Plastikstreifen sind schmutzig, weil oft einer mit nassen Händen hindurchgeht, der nächste schmutzige Hände hat und der Dreck dann an den Wassertropfen klebenbleibt. Der Vorhang ist eklig, aber wenn er nicht hängt, wird es noch schlimmer, hat meine Mutter gesagt.

Du bist hingefallen? sagt sie. Nur kurz, nichts passiert. Und die Tasche? Da steht sie. Ist was rausgefallen?, nein, alles da, und sie fragt, tut was weh? Nein, ich bin nur erschrocken, und meine Mutter geht in die Küche und greift in die Tasche und sagt, die Zitronen brauche ich für die Holländische Soße. Aha, sage ich und denke, ich werde die Kartoffeln schälen, das wäre gut jetzt. Meine Mutter hantiert. Ich erhebe mich und drücke mich vom Tisch ab dabei. Ich will etwas sagen, aber ich zittere noch immer und setze mich wieder hin. Ich hole tief Luft, stehe endlich auf und sage, ich schäle die Kartoffeln. Meine Mutter sagt, ich hole den Blumenkohl, und vom Küchenfenster aus sehe ich sie gebückt und breitbeinig im Gemüsebeet stehen. Ich nehme ein Messer aus dem Besteckkasten, und mir fällt ein, daß ich noch nicht bei meinem Vater war.

Mein Vater steht mitten auf dem Rasen und stößt den Spaten gerade in die Erde, als ich hallo zu ihm sage. Mein Vater sagt, guten Tag, ohne mich anzusehen, und ich frage ihn, ob er die Wiese umgraben will. Die Maulwurfshügel sollen weg, sagt er, als ob er mir einen Befehl mitteilen will. Quatsch, schimpft er, gegen die ist man machtlos, man muß warten, bis die sich ein anderes Revier suchen, aber Waltraud will sie weg haben, an diesem Wochenende, am besten heute, und ich merke schon, daß sie sich in den Haaren hatten, und sage, ich bin mit dem Fahrrad hingefallen, in der Kurve mit den Straßenbahnschienen, weißt du? Ja, ja, sagt mein Vater und nickt, und ich sage, hat es Dagmar dir schon erzählt?, ja, ja, sagt er wieder und ich gehe zurück und an der Tür drehe mich noch mal zu ihm um. Mein Vater versucht Erde von einem Maulwurfhügel aufzunehmen und sie über den Rasen zu werfen, aber erwischt immer nur ein paar Klumpen.

Aus dem Schuppen höre ich Klopfgeräusche. Ich öffne die Tür, Rudolf steht am Schraubstock und ich sage, wieso schließt du die Tür bei der Hitze? Er lächelt. Ich kann doch mal die Tür zumachen, sagt er, lächelt mich weiter an und sagt, dann sehe ich deine Schrammen nicht. Ich habe keine Schrammen, sage ich, und will wieder zurückgehen. Weiß ich doch, sagt er, ist doch nichts passiert, nicht wahr? Nein, nichts passiert, sage ich, schließe endlich die Tür und gehe zum Haus. Dagmar haut den Fleischklopfer auf die Koteletts. Hast es ja allen schon erzählt, sage ich, und sie sagt, sollte ich nicht? Ist auch egal, sage ich, nehme das Messer und schneide in die Kartoffel.

Was macht Rudolf im Schuppen, frage ich sie, und sie sagt, er soll das Scharnier von der Kellertür reparieren. Gestern hat er mir versprochen, das Rosengitter anzubringen, aber Mutti will unbedingt die Kellertür in Ordnung haben. Mh, sage ich und schäle die Kartoffeln, als ob ich das noch nie gemacht habe. Ich denke, daß ich noch mal Fahrradfahren lernen muß, ich muß einen Kurs machen, als ob ich Autofahren lernen wollte, damit ich schnell und locker fahren kann wie alle anderen. Über jede Kreuzung muß ich fahren können, als ob ich in einem Auto säße, ich muß auch lauter sein, gewandter. Abbiegen und einhändig fahren, Gepäck festhalten und Schienen kreuzen, das ist alles kein Problem, das macht sogar Spaß, Fahrradfahren macht Spaß, immer und überall. Mir fällt ein, daß Rudolf einmal sagte, das ist eine blöde Kreuzung, da muß man tierisch aufpassen, und ich glaube, ich will nie Autofahren lernen, ich will nie ein Auto besitzen, das ist sowieso viel zu teuer. Eh, schneid nicht so dick, sagt Dagmar, und ich sage, das Messer ist stumpf, und meine Mutter kommt gerade herein mit einem nassen Blumenkohl in den Händen und sagt, dann schärfe es doch, und ich sage, und wo ist der Messerschleifer? Im Kasten, sagt sie und Dagmar sagt, standen Leute an der Haltestelle? Na klar standen Leute an der Haltestelle, sage ich, und haben sie gekichert?, und ich sage, weißt du, du bist blöd, und sie lächelt und meine Mutter sagt, hört auf.

Wir essen draußen, wir essen immer draußen, sonst könnten wir in der Wohnung bleiben, aber in einem Garten ißt man draußen, außer es gibt einen Platzregen oder ein Gewitter. An diesem Wochenende ist das Wetter schön und normalerweise würden wir später baden fahren, Dagmar, Rudolf und ich. Aber an diesem Wochenende muß jeder was machen, mein Vater die Maulwurfhügel zerstören, Rudolf das Scharnier reparieren und meine Schwester ihm die Tür halten.

Hellgelbe Soße fließt über Blumenkohlröschen und auch die Kartoffeln sind gelb. Mein Vater ißt stumm, er schneidet das Kotelett und nimmt dann alles mit der Gabel auf. Rudolf sitzt aufrecht und macht einen mühsamen Witz, man würde die Geister nun nachts nicht mehr hören, wenn er das Scharnier und so weiter. Dagmar verdreht die Augen. Du hättest das schon längst machen können, sagt meine Mutter, im Frühjahr zum Beispiel, wenn es nicht so heiß ist, wenn die Erde feuchter ist, wie der Garten aussieht, wie eine Mondlandschaft. Ich sehe, daß mein Vater am liebsten aufstehen würde, aber er ißt gern, er ist immer hungrig. Beim Nachbarn sind die schließlich auch nicht, der hat bestimmt was dagegen unternommen, spricht meine Mutter weiter. Mein Vater schmeißt die Gabel auf den Teller und sagt, die haben ihr Revier, das habe ich dir doch erklärt, die Haufen wegmachen hat überhaupt keinen Sinn, wenn ich einen platt mache, machen die die nächsten drei. Dann mußt du sie eben totmachen, sagt sie, ähh, schreit meine Schwester, das sind doch Schädlinge, sagt meine Mutter nun ziemlich laut. Die fressen Käfer, sage ich, die fressen keine Wurzeln. Du hast wohl Ahnung, sagt meine Mutter scharf zu mir, und ich sage, das hat Vati schon mal gesagt. Rudolf sagt, na schön sieht es wirklich nicht aus, aber die kriegst du nicht weg, die verschwinden von allein wieder. Sag ich doch, sagt mein Vater und hat die Gabel wieder in der Hand und sitzt gebeugt über seinem Teller. Und wieso hat der Nachbar so einen schönen Rasen, die sehen doch wohl den Gartenzaun nicht, die sind doch blind, oder?, so viel habe ich auch schon kapiert, sagt meine Mutter. Das ist Zufall, sagt Rudolf, ich glaube, man kann die nur mit Geräuschen vertreiben, und Dagmar sagt, dann stelle ich mich jetzt vor die Hügel und brülle, raus hier, raus hier. Jetzt verdreht Rudolf die Augen und sagt gedehnt, nein, man müßte auf die Hügel dauernd draufklopfen, das stört sie, dann ziehen sie weiter. Es ist immer nur einer, sage ich, sie sind Einzelgänger. Mein Vater ißt. Ich wollte mal einen schönen Rasen haben, sagt meine Mutter, jetzt haben wir einen Rasenmäher, das Haus ist fertig, ich wollte mal in den Garten kommen und vor einer schönen Wiese sitzen, aber nun sind da diese Hügel, alles sieht immer noch wie eine Baustelle aus. Mein Vater hat die früher mit Karbid totgekriegt, sagt sie, kauf Karbid und gieß das in die Gänge. Mein Vater ißt weiter, als hörte er nicht. Dann sagt er, ich mach die nicht tot, das mache ich nicht. Dagmar sagt zu Rudolf, mach du es, kauf du das Karbid. Ich kaufe kein Karbid und ich gieße auch nichts auf die Hügel, sagt er. Was passiert eigentlich, wenn die mal rausgucken, fragt Dagmar, passiert das überhaupt?, und sieht meinen Vater an dabei. Widerwillig sagt er, ja, ich hab mal einen gesehen. Dann hättest du das erledigen können, sagt meine Mutter und nimmt die Kompottschale in ihre Hände und löffelt Birnenstückchen. Macht es doch zusammen, sagt Dagmar, Vati und du. Ich habe doch gesagt, daß ich es nicht mache, sagt Rudolf, man ist machtlos gegen die, kapier das doch. Du willst es nicht tun, so sieht es doch aus, sagt meine Schwester, aber wenn Mutti dich darum bitten würde, würdest du springen, nicht wahr? Was soll das denn, schreit Rudolf. Meine Schwester zickt, sie wackelt mit dem Oberkörper, als würde man sie ein bißchen schütteln, hält die Augen auf bis auf einen Schlitz und den Mund fest geschlossen. Vielleicht ist dir schon mal aufgefallen, daß du mir nie einen Gefallen tust, sagt sie, als ob dieser Satz unerwartet aus ihr herausfällt, aber sobald andere dich bitten, wirst du ganz quirlig. Du hast sie wohl nicht alle, sagt er, wer hat denn dein Fahrrad repariert, wer hat denn die Verkleidung um die Spüle gemacht, hm? Dagmar schweigt. Auch meine Mutter schweigt. Na wer kocht denn immer und macht sauber, äfft Dagmar Rudolf nach, und mein Vater steht auf und geht Richtung Klo. Seinen Nachtisch hat er nicht angerührt. Also ich fasse es nicht, sagt Rudolf, nimmt sein Kompottschälchen, als wäre es ein schweres Eisending, und die Flüssigkeit schwappt bald über, als er sich zurückbeugt und an die Lehne stößt. Er schluckt das Obst runter und man sieht wie es in seinem Hals abwärts rutscht. Ich habe keinen Appetit auf Obst, ich möchte nichts Klebriges essen. Ich merke nur, daß ich heulen könnte jetzt, aber dann sagen sie zu mir, meine Güte, ein bißchen spät, was?, es ist doch nun eine Weile her, das ist doch vorbei jetzt, und ich denke, daß ich nicht mal wüßte, wer es sagen würde, Rudolf oder Dagmar oder meine Mutter. Ich bin erschöpft, ich möchte mich hinlegen, aber ich möchte keine Fragen beantworten. Die Stimmung ist sowieso im Keller, also stehe ich auf, räume die Teller zusammen, obwohl Rudolf und Dagmar noch essen, und sage, ich wasche das Geschirr ab, ich räum schon mal zusammen. Meine Mutter schweigt, und auch die beiden sind still. Ich bin froh, daß ich die Teller übereinanderstapeln kann mit den schmierigen Resten von Soße, Kartoffeln und Fleisch. Ich trage alles ins Haus und drehe den Zulaufhahn auf. Langsam steigt der Wasserspiegel in dem gläsernen Durchlauferhitzer. Es ist ein schönes Bild, klares kaltes Wasser steigt ruhig auf. Ich schalte die Heizung ein und hole den Rest von draußen. Ich sage noch mal, ich wasche ab, ich mach das schon.

Nach den Tellern und dem Besteck wechsle ich das Wasser und muß ein paar Augenblicke warten, bis frisches kocht. Ich sitze in der Küche und bin froh, allein zu sein. Niemand wird hereinkommen und etwas sagen. Ich sehe Rudolf, wie er aus dem Schuppen tritt, meine Schwester ruft und sie gemeinsam in Richtung Keller gehen. Vom Wohnzimmerfenster aus sehe ich meinen Vater Maulwurferde wegkratzen. Meine Mutter hebt Fallobst auf. Das Wasser kocht geräuschvoll und ich tauche Töpfe in Wasser mit Schaumhügeln. Ich trockne das Geschirr ganz langsam ab und räume die Küche auf. Ich nehme die Thermoskanne aus der Tasche, sie macht seltsame Geräusche. Ich öffne die Flasche, innerlich ist sie völlig zerbrochen, ein Haufen funkelnder und schwarzer Splitter liegt am Boden. Ich sehe lange hinein. Ich falle noch mal mit dem Fahrrad hin, ich hebe noch mal die Tasche auf und fahre dann weiter. Vielleicht lag etwas auf der Straße und ich habe es nicht gesehen. Vielleicht war ich zu schnell, vielleicht nur zu ängstlich, und ängstlich darf man im Straßenverkehr nicht sein.

Als ich in der Küche fertig bin, gehe ich hinaus. Mein Vater schleudert den Spaten auf die Erde. Er wirft ihn in hohem Bogen zu Boden, als dresche er auf Heu. Die ganze Kraft kommt aus der Physik selbst, Kraft gleich

Masse mal Beschleunigung, und das herabfahrende Spatenblatt zerstört einen Maulwurfshügel, tötet vielleicht einen Maulwurf, aber mein Vater ist nicht beteiligt, er ist nur der Ausführende. Er umklammert nur den Spatengriff, was er tun muß, sonst fliegt der Spaten unkontrolliert und trifft jemand Unschuldigen, und der Maulwurf baute hier auf seinem Rasen diese Hügel schließlich, die nicht passen auf dieses grüne Stück aus Halmen und Pusteblumen und Gänseblümchen.

Ich sage zu ihm, die Thermoskanne ist zerbrochen, ich habe die Thermoskanne kaputtgemacht. Mein Vater schweigt, vielleicht hat er auch, mh, gesagt oder etwas Ähnliches. Ich bleibe noch eine Weile neben ihm stehen und er klopft auf den Hügeln herum. Manchmal fällt eine Ecke des Spatenblattes mitten in den Erdhügel. Ich gehe in den Schuppen und hole eine Schaufel. Ich stehe neben meinem Vater und klopfe auch auf die Hügel, ich nehme etwas Erde ab und verstreue sie, aber meistens klumpt sie zusammen. Ich klopfe auf die Hügel und kann mich gar nicht mehr erinnern, wie die Wiese ohne diese Maulwurfshügel einfach grün aussah. Wir töten den Maulwurf bestimmt nicht. Er hört ja, daß oberhalb Lärm ist, daß es zu gefährlich für ihn geworden ist.

Tanz in den Mai

Sex ist schön. Sex ist warm und riecht gut. Sex ist höflich. Man kann sehen, ob jemand Sex hat. Sex braucht lockige Haare, schlanke Hände und enge Jeans. Wer ohne Anstrengung lächelt oder sich uninteressiert verhält, bekommt Sex von ganz allein und immer wieder. Am besten für Sex ist ein Zuhause, in das man zurückkehren und sich hinsetzen kann.

*

Es wird Frühling. Um halb fünf ist es hell, und im Park singen die Vögel. Sie singen schrill und immer gleich. Als ob sie nachts in den Vorgärten und Parks an dünnen Zwirnen angebunden worden wären. Aus ihren Kehlen strömen Temperatur, Licht, Lachen und Gespräche. Sie singen jeden Morgen so schrill, damit niemand vergißt, sich kurze Kleider und ärmellose T-Shirts anzuziehen und damit am Sonntag spazierenzugehen, langsamer und länger als im Winter. Wer ans Fenster tritt und die Vögel verscheuchen will, sieht nur untersetzte, hektische Wesen ins Gebüsch fliehen, feige wie sie alle sind.

*

Ende November flogen an einem frühen Abend fortwährend Kiesel an unsere Fensterscheibe. Ich stand auf und blickte auf die Bushaltestelle rechts vorm Haus. Erleuchtet wie eine Zirkusmanege, deren Artisten längst über die Fernverkehrsstraße verschwunden sind. Fräulein Pohlitz wartet hier jeden Tag nach der siebten Stunde auf den Bus, den sie ohne zu blinzeln erkennt. Manchmal steht Frau Eschenbach mit ihrem unehelichen, fünfjährigen Sohn an der Hand neben ihr. Dann sind sie beide in eine Wolke aus Staub und getrocknetem, zerfallenem Vogelkot gehüllt. Der Wind holt den Dreck unermüdlich aus dem Park herüber und bläst ihn an die Mauern des Häuserrondells.

Ich löschte das Neonlicht und sah nochmals hinaus. Da stand der Mann am Zaun, frontal zu unserem Haus, befingert von den schwächsten Strahlen des Lichtkegels. Er stand ganz nah an dem schritthohen Geländer und rieb etwas auf dem rostigen Metall. Er stieß seinen Körper unaufhörlich nach vorn. Ich ging in die Küche, setzte mich an den Tisch und kehrte kurz danach an das Fenster zurück. Der Bus bog langsam um die Ecke, der Mann saß kerzengerade auf dem hinteren Platz. Der leuchtende Quader nahm ihn mit fort, hinter schwarzen kahlen spitzen Zweigen entlang, die sein Tun die ganze Zeit wie ein Seismograph registriert hatten.

*

Morgens halb fünf gehe ich nicht durch den Park. Auch nicht im Frühling. Um fünf muß ich an der Maschine sitzen und unterbrochen von zwei Pausen bis halb drei dort bleiben. Ich muß fünfundneunzig Prozent schaffen. Das ist die Norm im zweiten Lehrjahr. Um halb fünf riecht man den Frühling schon, vor allem hört man ihn so nah am Park. Die Vögel sprühen ihr Geschrei wie aus einem Zerstäuber aus, ich halte mich nah an der gegenüberliegenden Häuserreihe und in der Salomonstraße bleibe ich in der Mitte, genau zwischen den Vorgärten, Erkern und Balkonen. Die Vögel hetzen durch die Baumkronen und Sträucher, bemerken mich nur flüchtig, wenn sie mit ihren Flügeln an der Fassade entlangschleifen und sie zu Sand mahlen. Sand, der sich über die Stadt verteilt und müde macht vor jedem Aufstehen und Losgehen. Von den Häusern sind klapprige Gestelle übriggeblieben. Wände, Fenster und Simse zu Fratzen entstellt. Der Eckturm einer Villa hängt schief wie der Dutt einer Alten, ein Dach sackt nach innen als sei es die eingefallene Stirn eines Idioten, im verwitterten Fensterholz zittert das Spiegelbild, aus den Regenrinnen schießt Blut. Die Gullys sind verstopft, die Sträucher vertrocknen in festgetretener Erde.

Wo keine Vögel sind, ist Stille, verleimte Luft, wie im Landeskronenweg. Straßenbahnschienen gleiten ohne Halt und Zielangabe durch das blinde Spalier der Geschäfte. Ich biege in die Niskygasse, der Strom der Frauen schluckt mich und schiebt mich zum Betriebstor. Sie ziehen den Geruch von Bratensoße und Schnitzel hinter sich her. Parfüm verklebt ihre Poren, bis ihr Atem nach Stockflecken riecht. Der Pulk schlittert über öliges Kopfsteinpflaster, drei Etagen hinauf, vorbei an der braunen Soße auf den Schwimmbadkacheln im Treppenhaus, hinein in den Geruch erkalteter Zigarettenasche im Umkleideraum. Die Frauen hüllen sich in ihre Schürzen und flüchten an das Band. Hundert Maschinen werden gestartet und zehnmal so viele Neonlampen an der Decke. Um fünf Uhr muß jede den ersten Stich nähen. Der Lärm übertrifft Vögel, Bilder, Gerüche, Erinnerungen und Stimmen. Wie Musik in der Disco, die ihren Rhythmus in die Körper impft als ob sie Sauerstoff spende.

*

Wir zogen an einem Freitag in das Zimmer, Sandra, Evelyn, Lucie und ich. Ein Zimmer mit Küche zur Untermiete in einer Wohnung mit Korridor so lang wie ein unterirdischer Kellergang. Am Sonntag standen wir am Fenster und sahen auf den Park. Sandra sagte, los, wir legen uns in die Sonne. Wir gingen den Hügel hinauf und langsam senkte sich ein großer runder Fleck mit gelben und blauen Stiefmütterchen herab. Er lag da wie der verlorengegangene Schmuck einer alten Frau, schwer, muffig und angeschlagen. Nach einer knappen halben Stunde saß meine Hose wie eine Heizdecke auf meinen Beinen. Es wehte ein leiser, sich kräuselnder Wind. Die Bikinidreiecke der Mädchen dümpelten wie erschöpfte umgefallene Segel auf ihrer weißen Haut.

Ein Mann kam auf die Wiese zu und blieb neben dem Schild, Für Hunde verboten, stehen. Er hatte die Statur des Räuchermännchens auf der Vitrine meiner Mutter und hielt wie dieses seinen Stock auf uns gerichtet. Das Räuchermännchen stand vom Weihnachtsmorgen an auf dem Möbelstück, starrte mit offenem Mund auf die gegenüberliegende Wand und zeigte mit dem Draht auf uns herab. In seiner Kehle schwelte erkalteter Räucherkerzenqualm. Meine Mutter bekam Kopfschmerzen von dem

Geruch, und die Figur verschwand im Februar, ohne benutzt worden zu sein. Der Arm und der Stock des alten Mannes begannen zu zittern. Bald würden kleine alte Männer mit Stöckchen aus den Ärmeln und Hosenbeinen herausfallen, sich über den Park verteilen, an den Stiefmütterchen fressen und tot umfallen. Ich wollte warten und zusehen, was geschieht, aber die Mädchen zogen sich an und verließen schimpfend die Wiese.

Sandra, Evelyn und Lucie gingen ins Schwimmbad. Ich wusch mich in der Küche mit Waschlappen, Seife und kaltem Wasser. Sosehr ich rieb, mein Körper gab den Schweiß nicht her. Der Geruch sickerte zäh durch eine Gaze, quetschte sich aus dem Fleisch und den Falten. Ich legte mich aufs Bett und las. Noch zweiundfünfzig Seiten bis zum Ende des Buches. Sandra, Evelyn und Lucie lagen auf der Wiese am Wasser. Ihr Körper produzierte einen dünnen warmen Film, der in winzigen Tropfen an ihrer Haut abperlte. Sie rochen nach Sonne, kleinen Mühen, Fröhlichkeit und Ruhe. Wenn Mädchen wie Sandra, Evelyn und Lucie nur ein bißchen schwitzen, waschen sie sich, sorgfältig, ihre Haut nimmt den Duft der Seife auf und behält ihn bis in die Nacht hinein. Jungs, die sie nach der Disco nach Hause bringen, sagen, du riechst gut, und sie küssen sich an der Haustür. Die Jungs kommen am nächsten Tag wieder und riechen wieder die frische Haut und das weiche Haar.

Um halb neun standen alle drei lachend in der Tür und sagten, daß sie seit zwei Stunden bei Uwe und Ralf im Souterrain wären. Sie kicherten, hechelten und fragten, ob ich mit hinunterkäme. Ich lag auf dem Bett und hatte nur noch achtzehn Seiten zu lesen. Trotzdem sie betrunken waren, mußten sie den Schweiß riechen und sich erinnern, wie dick ich war und Jungs sich für Kilos nicht interessierten. Sie wollten einfach nur sehen, wie jemand den Sonntag lesend auf dem Bett verbringt.

*

Im Winter roch es manchmal säuerlich im Wohnzimmer meiner Eltern. Mein Vater lag schnarchend auf dem Sofa, sein Bauch hob und senkte sich. Graugemusterte, schräg aneinanderlehnende Füße staken in die Luft. Ich wollte das Fenster öffnen, schleuderte mit dem Stab die Gardine zurück und drehte den Fensterknauf. Mein Vater schimpfte laut, es würde zu kalt, wofür er die Kohlen heraufhole, und meine Mutter rief aus der Küche, sie habe am Morgen bereits gelüftet. Ich ging in mein Zimmer und legte mich aufs Bett. Wenn die Wohnung meiner Eltern eine Badewanne gehabt hätte, wären die Sonntage bei uns anders gewesen. Jeder Tag wäre es gewesen. Mein Vater hätte unter der Dusche gesungen, meine Mutter hätte weiße Fliesen an den Wänden gehabt und wir hätten vielleicht ab und zu zusammen Abendbrot gegessen. Aber in unserem Viertel gab es nirgends Wohnungen mit Bad oder Dusche. Die Leute blieben sonntags zu Hause und öffneten im Sommer ihre Fenster. Man hörte den Fernseher, das röchelnde Husten der Großmutter und die Deckel auf die Töpfe krachen, wenn die Mütter mit den Söhnen und Töchtern schimpften, weil sie erst zum Mittagessen aufstanden.

*

Die Mädchen kamen spät nach Hause. Evelyn und Lucie kicherten. Kichernd zerlegten sie den Abend in wirre, abgebrochene Sätze. Sandra meinte, Uwe sei doch nett, woraufhin die beiden laut lachten und sich stritten, wer von den Jungs die bessere Figur habe. Am nächsten Tag, Sandra und ich kamen aus der Schule, trafen wir Uwe im Treppenhaus. Er stand da in Jeans, Jeansjacke und rotblau kariertem Hemd. Er hielt eine Hand auf dem Treppengeländer, strich sich mit der anderen die blonden Haare von der Stirn und fragte Sandra, wie sie geschlafen habe. Gut, sagte sie, und du?, auch gut, sagte er und blieb ohne etwas weiteres zu sagen neben dem Treppengeländer stehen. Ich muß jetzt Hausaufgaben machen, sagte Sandra, verabschiedete sich und ging vor mir die Stufen zum Hochparterre hinauf. Sie machte über eine Stunde Chemieaufgaben und ging dann einkaufen. Um fünf klingelte es. Kaum hatte ich die Tür geöffnet, fragte Uwe nach Sandra. Er blickte auf meine Schuhe, nuschelte, danke, und ging. Als Sandra gegen sechs Uhr zurückkam, klingelte es wieder und sie ging zur Tür. Sie verabredeten sich für den Abend ins Kino, am Donnerstag wieder und am Samstag holte er sie zur Disco ab. Ich war an dem Abend allein in der Wohnung, am Sonntag morgen war Sandras Bett unberührt. Sie kam gegen Mittag und sagte, daß die Jungs sich eine Dusche eingebaut hätten. Seit diesem Wochenende, seit einem halben Jahr, hat Sandra einen Freund und duscht jeden Samstag und Sonntag in seiner Wohnung.

Uwe sieht Sandra bestimmt zu, wenn sie sich duscht, aus- und anzieht. Sie streift die Kniestrümpfe oder den Schlüpfer ab und am Bauch und an den Waden bleiben keine rötlichen Streifen zurück. Auch bei Evelyn und Lucie nicht, nichts wird eingequetscht oder abgeschnürt. Ich fürchtete, schon Narben an diesen Stellen zu haben, aber jeden Morgen ist meine Haut wieder glatt, und außerdem könnte ich meiner Mutter nie erklären, daß ich Geld für neue Sachen brauche, weil die alten zu eng geworden sind. Ich weiß nicht, wie meine Frage lauten sollte, und mir fällt keine Antwort für meine Mutter ein. Sie müßte sagen, ach, hast du zugenommen, schmeckt das Essen so gut, aber tut mir leid, wir haben kein Geld? Das klingt gestelzt, so spricht niemand bei uns. Die Sätze meiner Mutter sind eindeutige, kurze Neins, die von ständigem Hin- und Herrennen auf dem Korridor begleitet wurden und denen dann lange Entbehrungsgeschichten aus der Kindheit meiner Mutter folgten, Entbehrungsgeschichten von Kniestrümpfen, Mittagessen und Geschenken, die nie neue Kniestrümpfe, nie genug Mittagessen und nie wirkliche Geschenke waren. Es war, als ob ein riesiges schweres Tuch über unseren Korridor und bis in die Zimmer hineinwehte. Der Wind blähte es so stark, daß es an Schläfen und Ohren schlug. Die heutigen Nein dagegen sind still und klar, wie Blitzlichter in dunkler Nacht.

Die Mädchen bekommen ab und zu neue Sachen. Manchmal ohne Grund, lange vor Weihnachten oder ihrem Geburtstag. Sie haben Geld von der Großmutter, weil die Hälfte der Lehrzeit vorbei ist, oder von einer Tante, weil sie bei ihr einen Nachmittag lang zu Besuch waren. Mit solchem Geld kaufte sich Sandra kürzlich eine neue Bluse. Jeden Tag dachte ich, heute zieht sie sie an, aber Sandra wartete, bis sie mit Uwe in die Disco ging. Auch Schokolade kann sie liegenlassen, ohne sie täglich in die Hand zu nehmen und dann doch nicht aufzureißen. Einmal öffnete ich eine Tafel Nougat, die sie vor über einer Woche in den Kühlschrank gelegt hatte. Als ich das Papier und die Alufolie vorsichtig löste, dachte ich an Lucie, die einmal Sandras frische Blutwurst angeschnitten hatte. Sandra sagte nur trocken zu ihr, frag mich vorher. Ihre Eltern schlachten jeden Herbst und wecken die Blut- und Leberwurst in Gläser ein. Die Masse sieht wie gerührte tote Mäuse aus und nur weil ich weiß, wie diese Wurst schmeckt, kann ich das Bild vergessen. Wenn ich etwas Frisches oder Süßes habe, eine Packung Kekse zum Beispiel oder Kuchen, denke ich sofort an die Wärme in meinem Bauch, an die Schokolade, die Streusel, die Pflaumen und den Teig, wie sich alles zu einem süßen Brei vermengt und unaufhörlich in meinen Körper fließt. Die weiche Masse ist wie ein Bett, wie ein großes helles Sofa und ich kaue vorsichtig, damit das Bild nicht zerstört wird. Erst wenn alles bitter nach Backpulver schmeckt, wenn ich trotz Milch kaum noch schlucken kann, denke ich an Aufhören. Aber dann ist die Packung Kekse bald leer und der Kuchen aufgegessen. Ich sammle die Krümel mit nassen Fingern vom Tisch, ich habe alles geschafft, ich habe nichts zurückgelassen. Die Süße hat sich in meinem ganzen Körper verteilt und wenn sie schwindet, kaufe ich mir die nächste Süßigkeit. Ein einziges Mal bekam ich Krämpfe. Mein Magen und mein Darm wurden ausgewrungen, wie der nasse Scheuerlappen in den nackten Händen meiner Mutter. Ich wollte nie wieder Süßes essen. Als ich am Abend aufstehen konnte, fragte meine Mutter, ob ich eine Schnitte zum Abendbrot möchte. Seitdem hatte ich nie wieder Krämpfe.

Vor einer Woche kaufte mir meine Schwester Jeans. Gestern abend hatte ich sie zum ersten Mal an. Darüber trug ich das weite, gestreifte Hemd meines Vaters, das ich ganz hinten im Schrank meiner Eltern entdeckt hatte. Am Stoffbruch war es schon gelb geworden. Das Muster, gebündelte dünne hellblaue und hellbraune Streifen, ist so zart, als würde es bald freiwillig in das gedeckte Weiß des Hintergrundes übergehen. Ich würde das Hemd jeden Tag und jede Nacht tragen, wenn es nicht schon dreißig Jahre alt wäre und ich den Tag, an dem es kaputtgeht, so weit wie möglich hinauszögern möchte. Die Jeans hatte ich über zehn Zentimeter kürzen müssen und den Saum mit orangenem Faden gesteppt. Sandras Jeans sind mit blauem Faden umgenäht, und wenn sie die Hose anzieht, ärgert sie sich über die Farbe. Es ist nicht mehr die Originalfarbe, schimpft sie, jeder würde das sehen. Ich habe sie gefragt, wieso sie blauen Faden verwendet hat. Sie hat mich angesehen und gesagt, sie sei aus der Schule gekommen und da habe die gekürzte Hose bereits auf Bruchfalte über der Stuhllehne gehangen. Wie immer. Ihre Mutter könne zwar nähen, hätte aber keine Ahnung von richtigen Jeans. Ich stellte mir vor, wie meine Mutter, nachdem ich die Tür schließe und in die Schule gehe, in die Küche zurückkehrt, vielleicht abwäscht und ihr einfällt, meine neuen Jeans zu kürzen. Ich komme nach Hause, wir essen, und die Hose hängt fertig auf dem Stuhl. Ich umarme meine Mutter und sie sagt, wenn du zu Ines gehst, kannst du sie gleich anziehen. Bei diesem Bild wurde meine Mutter eine andere Frau. Sie wurde jünger, schlanker, gesprächiger, bewegte sich leichter, tanzte manchmal sogar und trug eine helle Schürze, die sie ablegte, wenn sie sich mit mir an den Tisch setzte. Ich zog die Jeans an, sie rutschte wie Seide über meine Beine, saß maßgeschneidert auf meinem Po. Die Frau wurde immer euphorischer über die gut sitzende Hose, sie wurde noch jünger, ihre Haare wuchsen, ihre Haut straffte sich und ihr Kleid schnürte sich um ihre Taille. Sie lachte. Sie trug das Geschirr in die Küche, rannte damit über den Korridor, lachte und mußte innehalten, weil sie vor so viel Lachen kaum noch Luft bekam. Die Person war schon fast so alt wie ich, höchstens zwei, drei Jahre älter, lag auf der Erde und wand sich vor Lachkrämpfen.

Ich war weit von zu Hause fort. Ich besaß echte Jeans und unter dem weiten Hemd konnte niemand sehen, wie tief sie mir am Bund und vor allem im Schritt ins Fleisch schnitten. Möglich war, daß Mädchen, die schon mehrere Jeans besessen hatten, die Enge nicht mehr bemerkten, ihre Hände darum tief in den Taschen vergraben konnten und ganz locker damit liefen, ohne nach unten zu sehen oder auf Dreckspritzer zu achten. Lucie zum Beispiel wirft ihre Jeans abends auf den Stuhl, als könne sie das Ziel keinesfalls verfehlen. Nachts rutschen sie manchmal auf die Dielen, in eine unbequeme, dreckige Lage, als wollten sie Lucie an ein Vergehen, eine Unachtsamkeit erinnern. Wenn sie morgens aufsteht, bemerkt sie die Veränderung nicht einmal.

Wir kamen gestern abend gegen sechs Uhr zum Turm und stellten uns in die Schlange auf der Treppe. Die Treppe fällt wie ein abgerutschtes Geschenkband von der Eingangstür in Höhe der ersten Etage zur Erde hinunter. Es begann zu nieseln. Das Mädchen vor mir spannte einen

Schirm über ihren schwarzen Locken auf, die Tropfen rollten schwer wie Öl von dem gespannten Stoff und fielen auf meinen Kopf. Gegen halb acht bekamen wir unsere Karten und stiegen die enge Wendeltreppe hinauf. Wir kauften zwei Cola und setzten uns nebeneinander an einen Tisch. Wir rauchten. Sandra goß Cola in ihr Glas, die Flasche klebte an der Tischdecke, zog sie wie ein Zirkuszelt hoch und hinterließ einen braunen Ring auf dem grün-gelben Muster. Hellgraue Aschekrümel segelten herab. Der Junge hinter dem Mischpult stellte die Musikanlage ein. Titel liefen viel zu schnell oder brachen nach den ersten Takten ab. Wir unterhielten uns über Evelyn und Lucie. Solange ich hinter einem Tisch saß, konnte niemand meine Jeans, sondern nur das Hemd meines Vaters sehen. Nach einer Stunde begannen wir zu tanzen. Fast alle Mädchen kamen auf die lichtflackernde Tanzfläche, auch ein Junge mit einer langhaarigen Brünetten. Er ruderte mit den Armen, sprang in die Luft, faßte das Mädchen um die Taille, küßte sie und drehte sie so energisch herum, daß ihr die Haare vom Kopf standen. Ich bekam einen Stoß in den Rücken und flog nach vorn, Sandra in die Arme. Als ich mein Gleichgewicht wiederhatte, drehte ich mich um und konnte gerade der nächsten Bewegung des Jungen ausweichen. Im Dämmerlicht des Korridors hatten mich auch die ersten Ohrfeigen meiner Mutter erwischt. Wie große platte Schaufeln waren sie an meine Wange geklatscht. Meine Mutter verbat mir zu heulen und der Knall vibrierte in meinem Körper. Später kannte ich ihre Methode, sie rennt durch die Wohnung, schimpft fortwährend und in einem unerwarteten Moment plaziert sie die Ohrfeige. Ich japse nach Luft, will sprechen, fragen, zurück zu ihr, aber sie ist unerreichbar, unsichtbar.

Nach einer Stunde kam Sandras Freund. Er setzte sich mit einem Glas Bier an die Stirnseite. Seine Unterarme lagen auf dem Tisch, er sah nach vorn, hob das Glas und trank einen großen Schluck. Er sagte, den ganzen Nachmittag habe er für die Prüfung gelernt, und sah in ihre Augen, als ob darin alle Lösungswege geschrieben stünden. Sandra sagte, er habe viel zu spät damit angefangen, so oft wie er geschwänzt habe, könne er die Lücken nie aufholen. Uwe schwieg und trank nach einer langen Pause weiter. Er tat mir leid. Ich erinnerte mich an meine Prüfungsangst in der zehnten Klasse, ich saß stundenlang vor den Büchern und Heftern, die Buchstaben verschwammen ineinander, die Seiten wurden immer schwerer und ließen sich kaum noch umblättern. Ich dachte, vielleicht platzt Sandras Freund der Kragen und er schreit, er habe genug um die Ohren, seine Kommilitonen verstünden ihn besser, wendet sich ab und blickt unverhofft zu mir. Er nimmt meine Hand, wir stehen auf und gehen hinunter. Auf dem Elisabethmarkt sagt er meinen Namen und weiß nicht mehr, weshalb er mich nicht schon früher angesprochen hat. Wir lachen und die Leute drehen sich nach uns um, Uwe nimmt mich in seine Arme und wir gehen lachend nach Hause und dann gibt es eine Lücke. Eine lange, tiefe, stumme Lücke, nicht einmal schwarz, sondern einfach nur Nichts. Für den nächsten Morgen sind die Bilder wieder da. Ich wache in meinem Bett auf, ich will duschen, gehe mit dem Handtuch über dem Arm den langen Flur zur Wohnungstür, das Holz der Dielen knarzt, ich steige die Treppe hinab zu Uwes Wohnung. Dort begegnet mir ein Kommilitone. Er kichert in sein Handtuch und verschwindet im Zimmer. Sie kommt zum Duschen, sagt er, und alle im Zimmer lachen.

Sandras Freund hielt die Hand seiner Freundin und streichelte mit dem Daumen ihren Handrücken. Er ließ los und fragte, ob sie noch ein Bier wolle. Sandra sagte, ein kleines, und mir zugewandt fragte er, du auch? Ich schüttelte mit dem Kopf. Jetzt ist er enttäuscht, dachte ich, denn er ging, ohne mich zu überreden oder nach einem anderen Wunsch zu fragen, an die Theke. Mein Traum vom gemeinsamen Nachhauseweg löste sich wie in einer Zentrifuge auf. In kleinste Stücke aufgeteilt, schoß er in alle Richtungen und ließ mich schwerer lastend auf dem Boden des Turmes zurück. Sandra sagte, komm, wir tanzen. Nach zwei Titeln kam ihr Freund mit drei anderen von der Theke zurück. Sie trugen alle Jeans, Jeansjacke und ein kariertes Hemd. Sie lehnten sich mit einem Halbliterglas Bier an die Wand und sahen den Tanzenden zu. Ich tanzte mit dem Rücken zu ihnen. Meine Gelenke knickten ein und ich dachte an die Pirouetten, die ich als Kind mit Rollschuhen gedreht hatte. Zu den schweren klobigen Schuhen trug ich ein kariertes Kleid, das unter dem Arm löchrig war und dessen weiter, angeriehener Rock waagerecht um meine Taille stand, wenn ich einen Patzer mit einer schnellen Drehung auffing. Ich kann mich an keinen Sturz mit den Rollschuhen erinnern, jeden Fehler korrigierte ich auf diese Weise. Die Mädchen auf dem Hof blieben stehen und applaudierten, sie sagten, wie machst du das nur, und probierten es auch. Es gelang ihnen nie, und ich wußte, daß mich nur der schwingende Rock über die Fehler hinwegtrug. Ich versuchte diese Drehungen auch im normalen Lauf, aber sie wirkten gestelzt.

Ich tanzte. Das Schwingen meiner Hüften hielt mich im Gleichgewicht. Vorsichtig, in den Augenwinkeln, beobachtete ich für einen Moment die Jungs. Sie standen an der Wand. Sandra winkte ihren Freund auf die Tanzfläche, er hob erklärend sein Bierglas in die Höhe. Ich drehte mich einmal schnell um meine eigene Achse und sah, wie der rechts neben ihm stehende Junge sein Glas an die Lippen hob. Er reckte seinen Kopf nach hinten und mußte mich unweigerlich sehen. Meine engen neuen Jeans, mein gestreiftes Hemd, wie ich tanzte. Ich drehte mich nur halb und behielt ihn im Blick. Der Junge trank und sah direkt in meine Richtung. Ich lächelte Sandra an. Sie war so mit ihren Bewegungen beschäftigt, daß sie mich nicht beachtete. Ich drehte meinen Kopf beiläufig zu dem Jungen, nahm das Lächeln mit, aber ließ meine Augen ziellos, als irrten sie wie die Musik von Wand zu Wand. Der Junge würde neugierig werden. Ich hatte Lucie einmal beobachtet wie sie getanzt hatte, gelächelt, mit Evelyn gesprochen, und dann kam ein Junge und wollte etwas abhaben von dem Lächeln. Sie wies ihn schroff zurück, wandte sich wieder Evelyn zu und regte sich über seine Zudringlichkeit auf. Vielleicht waren alle Jungs schon zu verwirrt von solchem Verhalten, ich mußte ihm signalisieren, daß ich mich anders verhielte, ich ihn nicht vor den Kopf stoßen würde. Da brach die Musik ab, und Sandra zog mich zum Tisch. Willst du nicht zu Uwe gehen, fragte ich. Sie hole ihn nicht von seinen Kumpels weg, meinte sie, und wir setzten uns und nippten an unserer Cola. Wie hoch ist der Turm eigentlich, fragte ich, und Sandra sagte, keine Ahnung, ist doch egal, und sie nahm eine Zigarette aus der Schachtel und zündete sie an. Die Zigarette war zur Hälfte geraucht, als ihr Freund an den Tisch trat, sein Bier abstellte, sich mit den Händen wie ein Affe auf der Platte abstützte und tief zu ihrem Gesicht gebeugt, sagte, tanzt du? Sandra stand auf und zog den Pulli über ihren Hüften straff. Ich ging aufs Klo und dachte, daß die beiden bestimmt zusammen tanzen würden, obwohl das Lied viel zu schnell dafür war. In dem kleinen Raum klang die Musik aufdringlich, als ob sie sich in das Mädchenklo verirrt hätte und durch ein Mißgeschick immer wieder eingesperrt würde. Die Fenster waren vernagelt. Wenn ein Mädchen hereinkam, wurde noch ein Schub Musik hineingestoßen. Die Sprünge und unauslöschlichen Flecken an den Spiegeln, Fliesen und Becken waren sicherlich von der Musik verursacht. Die Musik aus der Jugendzeit meiner Eltern hätte niemals solchen Schaden anrichten können. Nur Geigenmelodien und fröhliche Duette, keine Schlagzeuge, keine Gitarrensoli und kreischende Stimmen, die Tänzer zwangen, auseinander zu tanzen. Wenn mein Vater und meine Mutter im bunten Kleid und schwarzen Anzug tanzen gingen, brachten sie niemals länger als nötig auf dem Klo, an der Theke oder der Garderobe zu. Sie unterhielten sich mit der Freundin oder einem Kollegen, forderten jemanden zum Tanzen auf oder wurden gebeten und dann lernten sie sich kennen und verabredeten sich für den nächsten Sonntag und wieder für den nächsten und den übernächsten ebenfalls. Bis man in einer gemeinsamen Wohnung saß, die bald zu eng wurde, weil ein Kind mehr kam als geplant, und dann ging man schon lange nicht mehr tanzen, sondern brachte länger als nötig im Keller oder in der Küche zu und redete nicht mehr soviel miteinander, weil es ringsum viel zu laut war. Stimmen rasten umher, Stimmen, die von anders vorgestellter Zukunft flüsterten. Die Flüsterstimme wurde mit den Jahren immer lauter, und man hörte die Geräusche der Gegenwart nicht mehr so genau und man sah auch nicht mehr so genau hin, weil sowieso alles lief, wie man es nicht gewünscht hatte. Dann schlug man die Tür hinter sich zu, und dabei rieselte der Putz mit der Zeit aus dem Rahmen und das Haus wurde langsam zu dem, was es am Anfang einmal war, eine Baustelle, an der inzwischen jedoch niemand mehr baute. Die Sand- und Mörtelberge wurden immer höher und begruben mit den Jahren die Bewohner des Hauses, und langsam wurde es wieder still in dem Haus und die noch übrig waren konnten ihren Träumen nachhängen.

Am Tisch saßen Sandra, ihr Freund und zwei von seinen Kumpels, mit denen er an der Wand gestanden hatte. Ich ging auf den Tisch zu und dachte an meine Jeans, die mich statt meiner Beine trugen. Ich setzte mich Sandra gegenüber, zwischen Uwe und dem Jungen, der mir während des Tanzens zugesehen hatte. Sie sprachen über den Titel einer Schallplatte von Jethro Tull, stritten über das Erscheinungsjahr und daß sie am Montag Dietmar fragen würden, der die Schallplatte besitze. Sie sprachen immer weiter über Musik und sahen dabei weder Sandra noch mich an. Kann ich eine Zigarette von dir haben, fragte mich Sandra, und ich zog die Packung aus meiner Hosentasche. Hoffentlich fiel niemandem an der breitgequetschten Schachtel auf, wie eng die Hose saß. Ich bot die Zigaretten reihum an, der Junge neben mir nahm eine. Er zog ein Streichholz an, gab zuerst mir, dann Sandra und sich selbst Feuer. Danke, sagte ich deutlich. Sandra und ihr Freund hatten sich manchmal über den Jungen unterhalten, er habe noch nie eine Freundin gehabt, sei kein einziges Mal mit einem Mädchen gesehen worden. Im Schein des Streichholzes sah ich seine Narben, als ob ein Wagen mit scharfen Eisenrädern kreuz und quer über seine Wangen gefahren sei. Seine Haut an den Händen war dick wie Leder, er konnte die Zigarette zwischen den Fingern nicht spüren. Dasselbe Laster, sagte er zu mir und lächelte. Hinter seinen Lippen kamen große knochenfarbige Zähne zum Vorschein. Ja, sagte ich und fragte, wieviel er am Tag rauche. So ein bis eineinhalb Schachteln. Man, so viel, das könnte ich nicht. Jemand am Tisch machte eine Bemerkung über die Musik, die Jungs lachten, wiederholten den Satz und lachten immer wieder darüber. Ich sah an Sandras Gesicht, daß sie ebenfalls nichts verstanden hatte. Sie zeigte auf den Jungen neben mir und sagte ihm, er solle mit mir tanzen, dann nahm sie ihren Freund am Arm und sagte, und du mit mir. Uwe simulierte Widerstand, ich blickte auf meine Jeans. Die Musik war schnell, wie die ersten Meter nach der Startlinie. Ich spürte meine eingeklemmten Oberschenkel, sah am Hemd meines Vaters herunter und dachte an lange Haare, die lockig über Schultern streichelten. Ich spreizte meine Hände, manchmal schnippte ich mit Daumen und Mittelfinger zur Musik. Ich wiegte meine Schultern wie Segel, ließ mich von einem Takt treiben oder stellte mich ihm plötzlich entgegen und wich ihm im nächsten Moment aus. Der karierte Rock drehte sich in der Horizontalen. Der nächste Titel war langsam. Sandra und ihr Freund umarmten sich sofort, der Junge kam zu mir, ohne mich dabei anzusehen, und legte seine Hände auf meine Taille. Er schob mich durch die Melodie. Er drängte seinen Körper an meinen, ich spürte seine Oberschenkel, seine Hände, sein Becken. Das Deckenlicht wurde ausgeschaltet. Ob ich gleich nach Hause gehen müsse, fragte er. Ich mußte nie gleich nach Hause, aber vielleicht fragte man das so, vielleicht war es ein Code. Antwortete ich etwas Falsches, würde ich alles verpatzen. Ich sagte, ich muß gar nichts, außerdem ist heute Samstag. Er legte seine Arme noch fester um meine Taille. Ich war froh, daß es fast dunkel war, Sandra konnte das nicht sehen. Als ich sie bei der nächsten Drehung suchte, ging sie mit ihrem Freund gerade die Treppe hinunter. Ich war allein mit dem Jungen auf der Tanzfläche. Er schob seinen Mund an mein Ohr und sagte, daß er die Schlüssel hätte, und er bewegte seine Hände zum Po hinab. Ich lockerte seinen Griff, und er sagte, he!, gefällt es dir nicht? Doch, sagte ich, obwohl ich mir nicht sicher war, ob alles richtig verlief, ob so etwas immer unerwartet käme, ohne den Namen des anderen zu wissen, ohne ein paar Worte miteinander gewechselt zu haben. Der Junge schob seine Zunge tief in meinen Mund hinein, bewegte sie in jeden Winkel. Ich habe schon geküßt, aber nicht so stark, nicht so drängend. Wenn der Junge sich allerdings schon lange gewünscht hatte, mit mir zu tanzen, und sich bisher nicht getraut hatte, war er froh, daß wir durch Sandras Aufforderung endlich zusammensein konnten. Er sog mir fast die Luft aus dem Mund, meine Lippen schmerzten, er küßte meinen Hals und griff mit einer Hand unter mein Hemd, strich über meinen Bauch und über meine Brust. Ich dachte, jetzt streicht er über die

Falten und Wölbungen und wird sofort innehalten und sagen, mein Gott, so viel Fett, aber er sagte nichts, sondern machte weiter. Ich wollte fragen, bin ich dir nicht zu dick?, aber damit hätte ich ihn vielleicht auf etwas aufmerksam gemacht, was er gar nicht bemerkte, und so streichelte er weiter und bog mich nach hinten, und ich dachte an die Sportübung, Brücke aus dem Stand, und ich dachte, wir könnten gemeinsam probieren, ob wir diese Übung noch können, und dabei feststellen, wie leicht man verlernt, was man in der Kindheit spielend beherrschte, doch der Junge wurde fahrig, wollte mein Unterhemd aus der Hose ziehen, aber die Hose saß zu fest, und ich sagte, wollen wir hier bleiben?, und er zog mich in eine Ecke, und ich hörte jemanden von der Tür rufen, Geerd, schließt du ab?, der Junge hieß Geerd, und er rief laut, ja, wie immer, und er zog mich auf seinen Schoß, zog den Reißverschluß meiner Hose auf und schob seine Hand unter mein Hemd und zum Busen hinauf. Er bewegte seine Hand im Kreis um meinen rechten Busen und küßte mich dabei. Ich schob ihn fort und sagte, ich habe einen solchen trockenen Mund, und er stand auf und sagte, wenn wir bis zur Theke gehen, können wir gleich ganz gehen. Jetzt hast du alles vermasselt, dachte ich. Man spricht nichts, man bekommt keinen Durst beim Küssen, und ich wußte nicht, ob ich mich anziehen sollte und wir nach Hause gingen oder nur, um eine Cola aus dem Kasten zu holen. Ich blieb stehen, Geerd ging an die Theke und rief, wir können noch ein Stück zusammen gehen, du wohnst doch an der Neiße. Ich stopfte mein Unterhemd in die Hose und dachte, er hat sich erkundigt. Er will sich mit mir verabreden, sagt es nur nicht deutlich, und überlegte, morgen vormittag die Hausaufgaben schnell machen zu müssen, damit ich am Nachmittag Zeit hätte. Oder sollte ich sagen, morgen paßt es schlecht, ich habe noch zu tun? Oder wäre es besser, sofort zuzustimmen und vorzuschlagen, zu der Eisdiele auf der Landeskrone zu fahren? Als ich an der Theke stand, machte Geerd eine Cola und für sich ein Bier auf. Er sagte, die fünfzig Pfennig mußt du noch hinlegen, ich mache schon mal das Licht aus, und ich suchte nach einem Fünfzigpfennigstück. Ich hatte nur ein Zweimarkstück, zuviel für eine Cola, und Geerd meinte, okay, bezahle ich diesmal. Er hatte einen Schlüsselbund in der Hand, winkte damit und sagte, komm. Ich stellte die angetrunkene Flasche auf die Theke. Wir gingen über den Elisabethmarkt, schnell, wie kurz vor einem Gewitter. Sandra und ihr Freund schlenderten nach ihrem ersten Samstag in der Disco bestimmt Hand in Hand nach Hause. Aber für Geerd ist das alles vielleicht viel zu spät in der Nacht und er verabschiedet sich an der Jakob-Böhme-Straße oder er möchte bald wieder mit mir alleine sein und beeilt sich deshalb. Ich konnte kaum Schritt halten und sah mich allein im Zimmer sitzen und nach Luft ringen. An der Ecke Türmergasse, Jakob-Böhme-Straße ging Geerd ohne ein Wort zu sagen in meine Richtung. Als der Park zu sehen war, sagte er, du wohnst doch bei Uwe, und es war das erste Mal, daß ich einen Namen von ihm hörte, und ich sagte, ja, obwohl ich nicht bei Uwe, sondern nur im selben Haus wohnte. Er muß nach mir gefragt haben, wenn er weiß wo ich wohne, dachte ich, und Geerd lief, seine Schritte klopften Morsezeichen knapp vor mir auf den Asphalt. Wenn er jetzt abbiegt, verschnaufe ich. Geerd sagte, ich bring' dich, und warf seine Zigarette in einen Vorgarten. Sie prallte an eine Zaunlatte, fiel zu Boden und blieb glimmend liegen. Er lenkte mich in den Park hinein, umarmte meine Taille, und ich dachte, das ist der kürzere Weg, und er wird müde sein und bald ins Bett wollen, und zu zweit ist ein Park sicher wie eine Einkaufsstraße um vier Uhr. Als wir die große Wiese passierten und ich das Licht der Bushaltestelle sah, blieb er stehen, umfaßte mich mit beiden Armen, küßte mich wieder wie im Turm, mit seinen Zähnen und seinen Lippen und der Zunge, und ich wollte keine Fehler mehr machen und öffnete meinen Mund ganz weit. Ich spürte Geerds Muskeln, er dirigierte mich rückwärts durch den Park und hielt mich fest, bis ich an einen Baum stieß und er seine Hand schnell unter das Hemd meines Vaters zum Busen hinauf führte. Geerd zog wieder mein Unterhemd heraus, preßte seinen Körper eng an meinen, daß zwischen Busen und Brust gerade noch Platz für seine Hand war. Sein Becken drückte er so eng an meines, als ob er bedrängt würde und nur nach vorn flüchten könnte. Ich lehnte an dem Baumstamm und konnte nicht ausweichen. Ich wollte nicht ausweichen. Geerd verhielt sich nicht wie Sandras Freund, nicht zaghaft fragend, nicht mit den Augen nur nach unten blickend. Geerd war interessiert, er war bestimmt interessiert, denn er umarmte mich wie jemand, den man auf keinen Fall verlieren möchte, und ich küßte ihn, obwohl ich keinen Platz mehr in meinem Mund hatte, und ich hob meinen Oberkörper noch etwas an, denn Geerd streichelte meine Brustwarzen, die faltig und rot in seitliche Richtung vom meinem Busen abstanden. Er drückte sein Becken so fest an meinen Körper, daß ich seinen Penis spürte, und ich wollte fragen, was jetzt geschieht, aber reden war nicht mehr möglich, und ich hätte Sandra fragen sollen, wie es das erste Mal mit Uwe gewesen war, aber damals hatte ich keinen Grund, und vielleicht gab es stürmische und weniger stürmische Jungs. Geerd führte meine Hand an den Reißverschluß seiner Hose, und ich fühlte einen festen und langen Penis hinter dem dicken Jeansstoff und war überrascht, wie hart und endgültig sich ein Penis anfühlt. Ich war Geerds Körper so nah wie ich es niemals dem Körper meiner Mutter gewesen war, und ich dachte, jetzt habe ich einen Freund, er bringt mich nach Hause, wenn es dunkel ist, und ich werde ihm erzählen, daß ich dreimal in der Woche um vier Uhr dreißig am Park vorbei zur Frühschicht laufe, und Geerd zog den Reißverschluß seiner Hose auf und führte meine Hand hinein, und da war seine Unterwäsche aus geripptem Stoff, und alles war warm. Er zog den Reißverschluß meiner Hose auf, er öffnete sich, ohne zu klemmen, und er fuhr mit der Hand sofort hinter den Gummi meines Schlüpfers, an meinem Körper hinab und berührte mich, wo ich mich selbst noch nie angefaßt hatte. Er nahm seine Hand zurück und führte meine tiefer in seine Unterhose hinein. Ich fühlte stachlige Haare und warme Haut und seinen Penis, so dick und lang, daß ich Angst hatte, ihn mit meiner Hand zu umfassen. Doch Geerd packte meine Hand und führte mir die Bewegungen wie ein Sportlehrer am Reck vor, ich sollte sie sehr schnell, auf und ab, auf und ab, bewegen. Seine Haut reißt auf der Stelle, dachte ich, oder es bereitet ihm Schmerzen. Aber er mochte diese Bewegungen und ließ meine Hand los. Ich bemühte mich, ihn nicht zu enttäuschen, ich wollte den Penis noch fester greifen, aber unter der weichen, zarten Haut dehnte sich alles immer weiter aus, so fest ich auch rieb und drückte, und ich wußte nicht, was Geerd wirklich wollte, und ich lockerte den Griff etwas, aber Geerd riß seine linke Hand vom Baumstamm und packte über dem dicken Stoff wieder nach meiner und dirigierte sie wie zuvor. Er sank mit seinem Oberkörper noch mehr auf meinen, ich bekam kaum Luft und strengte mich an, den Penis so fest zu umfassen als ob ich ihm weh tun wollte. Geerd stützte sich etwas mehr vom Baum ab und fuhr mit seiner rechten Hand in meinen Schlüpfer und in meinen Körper hinein. Er steckte seinen Finger hinein, zog ihn heraus und steckte ihn wieder hinein, er bewegte seinen Finger wie ich meine Hand bewegen sollte, nur nicht so schnell, vielleicht mochten Frauen ein langsameres Tempo oder ich gab ihm nicht die richtigen Signale, und ich dachte wieder, jemanden fragen zu müssen, aber wen sollte ich jetzt fragen. Geerd stieß mit seinem Becken rhythmisch an meinen Körper. Ich hatte kaum mehr Platz für meine Hand und vielleicht machte ich es doch nicht richtig, und nun steckte er mehrere Finger in mich hinein, ließ von mir ab, griff wieder meine Hand und bewegte sie ununterbrochen auf und ab. Die Geschwindigkeit war nicht mehr zu steigern, Geerd atmete asthmatisch, er schrie mir ins Ohr, stöhnte, er stöhnte sicher über meine Unfähigkeit, auf meiner Hand war etwas Warmes, Schleimiges, es war an allen Fingern und auf dem Handteller. Geerd zog seine Hand aus meinem Körper und meinem Schlüpfer. Er gibt auf, dachte ich. Er drückte sich vom Baum ab, sein Stöhnen ließ nach, ich verlangsamte mein Atmen wie er, zog wie er meine Hand aus seiner Unterhose und wischte das

Nasse am Hemd meines Vaters ab. Geerd wischte sich mit der Hand übers Gesicht und sagte, ich sei ein nettes Mädchen, er zog seinen Reißverschluß zu und fragte, dort drüben wohnst du? Ich nickte, und er ging vor mir den Trampelpfad zwischen den Büschen zu unserem Haus hinunter. Er hielt die Zweige zur Seite, und an der Ecke, von der es noch ein paar Schritte bis zu unserer Haustür sind, sagte er, jetzt kannst du es ja nicht mehr verfehlen, lächelte dabei und gab mir einen Kuß auf die Wange. Ich überlegte schnell, was ich auf seine Frage, was wir morgen machen, antworten könnte, aber er fragte nichts. Er ging in Richtung Bushaltestelle, ich drehte mich um, stemmte die Haustür auf und betrat leise die Wohnung. Ich rannte über den Korridor in die Küche und betrachtete im Schein der Deckenleuchte meine rechte Hand. An den Innenseiten der Finger klebte der Rest einer schlierigen, milchigen Masse, die nach Joghurt roch und schwach und kränklich aussah. Auf meinem Hemd war ein nasser Fleck, und ich wunderte mich über die geringe Menge des Spermas, obwohl die heftigen Stöße und das lange Stöhnen viel mehr hatten vermuten lassen. Es sah bedeutungslos aus, vielleicht war es ein Ersatz und kein Sperma, was Geerd mit mir produziert hatte, weil ich ahnungslos und dick war. Unter kaltem Wasser wusch ich den Fleck aus, dabei fiel mir ein, daß Sandra bei Uwe war, in seinem Bett schlief und das Zeug im Körper hatte, das ich gerade aus meinem Hemd wusch. Würde man es fühlen können, wenn es in den Körper schoß und sich darin verteilte? Würde es mit der Zeit trocknen und als Pulver aus dem Körper rieseln oder sich mit dem eigenen Körper verbinden und darin aufgehen? Ich hängte das Hemd über die

Stuhllehne, ging in unser Zimmer und setzte mich an den Tisch, an dem Sandra und ich Hausaufgaben machten. Wir hatten kein Buch über Sexuallehre. Sandra schlief neben ihrem Freund, und wenn sie morgen früh aufstand, würde sie duschen, heraufkommen und mich fragen, wie lange ich noch in der Disco geblieben sei. Ich machte das Licht aus und ging zum Fenster. An dem Geländer klebte das Sperma des Mannes vom letzten Winter. Ich öffnete das Fenster und sah zur Bushaltestelle. Es war drei Uhr und der erste Bus am Sonntag käme achtuhrsiebenunddreißig. Ich hörte den Wind, wie er Blätter in den Ecken aufwühlte. Sonst war es still, und während ich mit Geerd am Baumstamm gelehnt hatte, waren auch die Vögel still geblieben. Morgen könnte ich es Sandra sagen, wäre ich nicht sicher, daß sich Sandra dafür nicht interessiert.

Kreuzwege

Wie viele Haltestellen sind es denn? Sieben, hatte ich gesagt, oh, so weit, hatte mein Vater gesagt, und ich hatte gedacht, von dort sind es nur noch zwei Haltestellen bis zum Zentrum. Man konnte sogar zu Fuß gehen bis in die Innenstadt, eine Viertelstunde, und man stand auf dem Markt. Und wann fängst du an? Acht, hatte ich gesagt, und er hatte genickt und zu Boden gesehen. Na, wir wünschen dir viel Glück, hatte er dann gesagt und mich angesehen dabei und gelächelt. Acht Uhr, immer wieder hatte ich acht Uhr gedacht und daß ich bisher um acht Uhr nah an der zweiten Frühstückspause gewesen war und daß ich mich jetzt nicht mehr umziehen müßte, wenn ich zur Arbeit käme, ich keinen Spind mehr hätte, sondern direkt in Büros mit Stühlen und Schreibtischen gehen würde, das ganze Zimmer würde vielleicht einen Teppich haben und mittags würde man lüften während der Pause und wenn man zurückkäme, setzte man sich wieder an den Tisch und fröstelte. Und als ich in das Büro gekommen war, hatte ich guten Morgen gesagt und dabei gedacht, ich muß mir vor dem Essen nicht einmal mehr die Hände waschen, auch wenn ich das bisher nicht immer getan hatte, weil es nach einer Weile egal gewesen war, aber ab jetzt würden meine Hände auch ohne Waschen sauber sein. Guten Morgen, hatten die beiden Frauen gesagt und waren aufgestanden dabei und ich war zuerst zu der älteren gegangen und hatte ihr die Hand gegeben und dann zu der jüngeren, und ich hatte an Bekannte meiner Eltern gedacht, die schwer auf Stühlen gesessen und den Kindern entgegengesehen hatten, als säßen sie zum Notenvergeben darauf, und wenn die Kinder guten Tag sagten, hatten manche ausgesehen dabei, als sei ihnen das guten Tag des Kindes doch nicht genug, und ich sagte sehr freundlich guten Tag zu den beiden Frauen, weil ich froh war, in einem Zimmer zu sein und nicht mehr über den Fabrikhof gehen zu müssen.

Hier, wollen Sie hier sitzen? sagte die Ältere zu mir und ich dachte, wollte ich an der Maschine sitzen?, und ich sagte ja, natürlich ja, und sie sagte, hier ist der Kleiderschrank, Sie können Ihre Jacke aufhängen, und es war eine dünne Jacke, es war ein Spätsommertag, der am Abend vielleicht kühl sein würde, und die Jacke könnte ebenso über der Stuhllehne hängen, aber auch in Büros hängen Jacken im Schrank und so wickelte ich die Jacke über einen Holzbügel, und es gab einen kurzen dumpfen Ton, als er die Metallstange berührte. Beide Frauen lächelten mich an und als die Jüngere sagte, auf dem Stuhl habe ich auch mal gesessen, sagte die Ältere, vielleicht will sie noch wo ganz anders hin, oder?, ich weiß nicht, sagte ich, erst mal bin ich hier. Ja, erst mal sind Sie da, kommen Sie, ich stelle Sie den Kollegen vor.

Sie ging mit mir über den Flur, auf dem in der Mitte ein Teppich lag und an den Seiten links und rechts des Teppichs schaute das braune, zur Wand immer dunkler werdende Linoleum nackt hervor, und es kam einem wie ein Verbot vor, von der Gerade des Teppichs abzuweichen und auf eine Tür zuzugehen, die Klinke zu drücken und dabei die Tür zu öffnen und wieder guten Tag zu sagen, guten Tag, guten Tag, und freundlich zu sein, obwohl es überhaupt nicht schwer war, freundlich zu sein, weil jeder in diesem Zimmer, in allen Zimmern freundlich war und die Hände sogar warm, und die weißen Gardinen sich ganz leicht bewegten vor den einen Spaltbreit geöffneten Fenstern, weil ein schöner Sommertag und die Jacke für den Abend eventuell überflüssig war, und dann gingen wir wieder zurück, ich setzte mich und spürte das harte Polster im Rücken. Es war ein alter Stuhl, der wohl noch nicht oft benutzt worden war.

Am besten, Sie schreiben sich alles auf, ja? Ja, sagte ich. Haben Sie ein Heft dabei? Nein, ich bringe morgen eines mit, nein, nein, gehen Sie jetzt und kaufen Sie eines, in der Hauptstraße sind Geschäfte, gehen Sie ruhig. Ich ging die Treppen wieder hinunter, die ich erst eine knappe Stunde zuvor hinaufgestiegen war, und rannte los. Ich stoppte und sah auf die Uhr und überlegte, ob ich hätte wissen müssen, ein Heft mit zur Arbeit zu bringen, ein leeres Heft, um etwas aufzuschreiben, schreiben, was passiert, was passieren soll und was nicht, und daß das Heft zur Arbeit gehört wie die Mittagspause und die Kollegen und die sauberen Hände. Und ich dachte, daß früher genau aufgeschrieben worden war, was man zur Arbeit mitzubringen hatte, Arbeitskleidung und Werkzeug, und daß man pünktlich hatte sein müssen, was niemals gesagt worden war, sondern was man schon kannte wie die Eltern und die Straße, in der man schon immer gewohnt hatte, wie die Nachbarn auch mit ihren Familien, alle um den Hof herum oder auf der gegenüberliegenden Straßenseite. Und daß man natürlich nicht wußte, ob einer der Nachbarn manchmal unpünktlich zur Arbeit gekommen war, aber man wußte, wie die Gardinen hinter den Fenstern hingen oder die Wäsche auf der Leine im Hof und wie man darüber sprach, und ich wußte, wie sie gingen, redeten, sich die Haare kämmten und mich ansprachen auf der Straße und sagten, und was machst du jetzt? Und ich sagte ihnen, was ich jetzt machte, und sie sagten, meine Herren, und sahen mich an dabei, von unten und von oben, und ich hatte bald keine Lust mehr, ihnen zu sagen, was ich jetzt machte, denn manche sagten, da kannst du ausschlafen, was?, oder fragten, und was bist du da?, und ich wechselte manchmal die Straßenseite oder blickte nirgendwohin, wenn ich an der Haltestelle stand und auf die Bahn wartete, und ich wollte auch die Thoss'n nicht sehen, die von der anderen Straßenseite winkte und winkte, aber als sie über die Straße, hu hu, hu hu, rief, mußte ich zu ihr sehen, weil ringsum niemand reagierte, das sah ich aus dem Augenwinkel, und sie rief, wo fährst du hin, und ich rief, zur Arbeit, und sie freute sich, das konnte man über die Straße hin sehen und sie rief wieder, ich habe schon gehört, du arbeitest im Büro, ich nickte, und sie reckte ihre zur Faust geschlossene rechte Hand in die Höhe, schüttelte sie, als ob bald etwas herausfallen könnte, freute sich dabei und ich winkte ihr zu, die Straßenbahn näherte sich, fuhr von links heran und verdeckte die Thoss'n dabei, ich stieg ein, und da stand sie noch immer und suchte mich in der vollen Straßenbahn, morgens halb acht. Und als sie mich hinter den Glasscheiben nicht mehr ausmachen konnte, nahm sie den Eimer auf und kippte das Wasser auf die Straße, ganz nah und scharf an die Kante und es floß wie sie gewollt hatte, zielstrebig dem Gully zu, eilig und exakt am Bordstein entlang.

Und ich hatte ein Heft vergessen, ich war unterwegs zu einem Geschäft, um, ein DIN-A5-Heft bitte, zu sagen, was ich gestern hätte sagen müssen, und ich verlor vielleicht zwanzig Minuten der Arbeitszeit und es würde nicht vom Lohn abgezogen, weil ich keinen Lohn mehr bekam, sondern Gehalt. Also bremste ich mein Tempo, um nicht außer Atem zu geraten, und dachte an die Stunden bis zum Feierabend und was ich noch alles machen würde in der Zeit, ohne zum Schluß abzählbare Stücke vorweisen zu können, und ich dachte, daß ich nun einige Zeit in einem Büro verbringen würde, am Schreibtisch sitzen, telefonieren, diskutieren, organisieren, und daß mein Vater sich freuen würde, mich da zu sehen, aber er in dem Zimmer weder die Gardinen noch den Teppich oder das harte Stuhlpolster bemerken würde, nicht einmal zu den Kollegen würde er sprechen, zwar guten Tag sagen und ihnen auch die Hand geben, aber er würde sich um sich selbst drehen, er würde seinen Hut in der Hand behalten und mir zulächeln und vielleicht einen Kollegen kurz anlächeln, und ich wüßte nicht wie ich das erklären sollte und würde zu meinem Vater sagen, geh wieder fort. Die Kollegen würden mich dann fragen, wer war das?, und ich würde antworten, mein Vater, ah, würden sie sagen, daher kommst du, daher, und sie würden sich fragen vielleicht, ob ich alles das könnte, was sie schon immer können, wenn ich daher käme, und ich wäre froh, daß mein Vater wieder nach Hause gegangen sein würde, und abends fragte ich ihn, warum bist du gekommen, warum warst du da?, und ich liefe in der Küche hin und her und wüßte seine Antwort schon, aber ich wüßte nicht genau, was die Kollegen gesagt haben würden, ob sie sich noch mehr Fragen gestellt, noch mal überlegt hatten, wer ich nun sei, und ob sie nicht mit dem Kopf geschüttelt oder so in den Mundwinkeln gelächelt und einfach nur, nein, nein, gesagt haben würden. Mein Vater fragte immer nur, sind die Kollegen auch nett zu dir?, und ich sagte, ja, schon, und trotz allem würden die Kollegen nicht wieder über meinen Vater sprechen, und weil das alles niemals stattgefunden hat, muß ich mir keine Gedanken machen, sondern nur schleunigst zurückgehen und endlich mit Arbeiten beginnen.

Da sind Sie ja wieder, sagte die Ältere, und ich dachte, war ich doch zu lang fort?, und sie sagte, lesen Sie erst mal unseren Veranstaltungsplan, dann ist bald Mittag und wir können weiterplaudern. Ich las den Veranstaltungsplan, den ich schon kannte, da ich die Veranstaltungen manches Mal besucht hatte, und hatte das Gefühl, nichts zu tun, nur zu sitzen, zu lesen und mich an die Veranstaltungen zu erinnern. An die Konzerte, an den Lärm, die farbigen Nebel, die von der Bühne waberten und sich über den Zuschauern auflösten, an die breiten Sessel in niedrigen Räumen, die Stille und die Stimme einer Person, die traurig von Zuständen sprach, mit denen jeder klarkommen mußte, an die Eingangstüren dachte ich, an den Weg von der Straßenbahnhaltestelle zum Haus und daß ich diesen Weg nun täglich ginge und das meine Arbeit sei. Ich hatte nicht den Eindruck zu arbeiten und überlegte, ob ich etwas übersah, etwas nicht bedachte und las das Kleingedruckte, die Anschrift, die Eintrittspreise und wußte nicht, wie lange ich lesen sollte, und ich saß gebückt und dachte, daß dies einige Zeit so weiterginge, und da verließ die Ältere das Zimmer, ohne zu sagen, wohin sie ging, und die Jüngere begann mir zu erzählen, wie lange sie hier schon arbeite, was ihr Freund arbeite und wie alt sie sei und wann sie denke, mit ihrem Freund ein Kind zu bekommen, und als die Ältere wieder ins Zimmer kam, beendete Deborah, ich sollte Debbi, wie alle, zu ihr sagen, das Gespräch, in dem sie mich mit weit geöffneten Augen anlächelte, als ob ich ihr eine Frage gestellt hätte und sie mit der Erklärung gerade zu Ende gekommen wäre. Sehr freundlich, sie war sehr freundlich zu mir und bei dem Du zu ihr blieb es auch.

Die Ältere, Ursula Hofer, blickte auf ihre Armbanduhr und sagte, eigentlich können wir jetzt schon gehen, heute ist Montag, nicht wahr?, und lächelte zuerst mich, dann Debbi an, und Debbi sagte schmunzelnd und mit niedergeschlagenen Lidern, sie sehnt sich bestimmt schon, und bückte sich dabei. Sie kramte in einer Tasche am Boden und als sie sich wieder aufrichtete, lächelte sie mich an. Ich stand auf und öffnete die Tür. Die beiden gingen auf den Flur und warteten, während ich die Tür schloß. Haben Sie Geld einstecken? fragte Frau Hofer, ja, sagte ich und blickte sie an dabei. Ich hatte unbemerkt von ihr mein Portemonnaie aus der Tasche genommen und war froh, daran gedacht zu haben.

Ich ging nach den Frauen die Treppe hinab. Ich überlegte, wieso man das Alter eines Menschen erkennt, auch wenn man nur seinen Rücken sieht. Deborahs Hintern rutschte seitlich über ihre Oberschenkel und die Handgelenke waren wie gepolstert. Frau Hofer war schlanker als ich. Sie hatte ihre Haare zu einem Pferdeschwanz gebunden und kein einziges Haar dabei vergessen oder nicht erwischt. Der Kamm hatte die Haare festgelegt, einmal durch das Haar gezogen und sie folgten seiner Linie, durchaus fröhlich, denn der Pferdeschwanz pendelte bei jedem Schritt, aber auch das sah irgendwie geübt aus. Trotzdem erkannte man, daß sie zwanzig Jahre älter als Deborah war, und ich fand nicht die Stelle am Körper, die dies verriet. Wir essen gegenüber, sagte Frau Hofer und ich sagte, aha, und sie sagte, wir bekommen jeden Tag zweifünfzig dazu, sonst wäre es zu teuer. Ja, sagte ich und überschlug mein Gehalt, die Arbeitstage im Monat, und dachte, manches Mal vielleicht nicht essen zu gehen, und die Hofer öffnete die Tür zum Restaurant. In dem Raum standen quadratische Tische, die mit einem weißen Tuch bedeckt waren und sich mit den Ecken berühren würden, dächte man sich die Tischordnung als Muster. Die Hofer ging auf einen Tisch zu, setzte sich, dann rückte Deborah einen Stuhl von der Tischkante und setzte sich, ich setzte mich als letzte. Die Hofer blickte zur Theke, lächelte mir kurz zu und sagte mit mir zugeneigtem Kopf, montags ist es nie so toll. Sie saß aufrecht auf dem Stuhl, ohne sich anzulehnen. Sie hatte das Portemonnaie rechts von sich auf den Tisch gelegt und behielt ihre Hand darauf. Ich hatte meines unter meinen rechten Oberschenkel geklemmt, es drückte. Die Hofer stützte ihre Arme auf die Ellenbogen und wickelte die Hände ineinander, als ob sie etwas darunter verbarg, ein Kücken, ein Ei, ein Pfand, und ich saß angelehnt, die Hände lagen auf meinen Oberschenkeln. Deborah saß in der Haltung von Frau Hofer. Der Kellner begrüßte uns. Was bietet heute Ihre Küche? sagte Frau Hofer, und der Kellner sagte, es ist Montag Frau Hofer, wir haben Eintopf, marinierten Hering und Kartoffeln mit Quark. Deborah sagte, ich nehme Kartoffeln mit Quark, ich wartete, bis Frau Hofer sich geäußert hatte, sie sagte, gut, Eintopf, und ich sagte, auch Kartoffeln mit Quark. Was möchten Sie trinken, wollte der Kellner wissen und Frau Hofer sah mich stumm an. Ich sagte, nichts, danke, Frau Hofer sagte, einen Juice, Deborah sagte, eine Limo bitte. Wir warteten. Deborah lehnte sich an und blieb dabei aufrecht wie die Stuhllehne. Frau Hofer saß, als ob sie im Raum schwebte, leicht und ohne weiteres, was durch ihre schlanke Figur vielleicht oder ihr Gegenüber begünstigt wurde. Sie sagte, wo wohnen Sie denn?, und ich dachte, jetzt erzähle ich meine ganze Geschichte, jetzt muß ich meine ganze Geschichte erzählen, die ganzen Jahre und die vielen Leute, ich muß von der Straßenbahn erzählen, wie voll sie morgens ist und wie die Leute manchmal fast umfallen, wenn der Fahrer zu scharf bremst, sieben Haltestellen lang. Ich sagte ihr, wo ich wohne, das heißt, ich nannte den Stadtteil, und sie sagte sehr langsam und neigte mir ihren Kopf noch etwas mehr zu, ja, da habe ich früher auch gewohnt, meine Eltern haben dort das Lebensmittelgeschäft in der Sinusstraße, kennen Sie das, Fischer, meine Eltern heißen Fischer? Ja, sagte ich und dachte an meine Mutter, ich dachte an die Kaufhalle, von der meine Mutter behauptet hatte, sie nehme den kleinen Geschäften die Kunden weg, weswegen sie noch einige Jahre Kundin des Lebensmittelgeschäftes geblieben war, aber nach und nach immer mehr in der Kaufhalle einkaufte, wie die meisten Leute im Stadtteil. Ich sagte, ja natürlich kenne ich das Geschäft Ihrer Eltern, die drei Stufen hinauf bis zur Tür, die Gläser mit den Süßigkeiten, Ihr Vater schreibt jeden Posten auf einen Block und addiert dann. Ja, sagte sie, so ist es. Die Süßigkeiten durfte ich nicht anrühren, sagte sie und lachte dabei und Debbi lachte auch und sagte, was Eltern eben so versuchen uns beizubringen. Ich sah sie an und fragte, wo bist du denn groß geworden? Im Süden, meine Eltern wohnten im Süden, sind aber vor ein paar Jahren, als sie Rentner wurden, aus der Stadt gezogen. Das Häuschen ist ganz klein, das reicht jetzt für sie. Ich nickte. Frau Hofer sagte, das Geschäft ist das ein und alles meiner Eltern, das glaube ich, sagte ich und dachte, in den nächsten Tagen meine Mutter zu fragen, was sie von Fischers wußte, ob sie wußte, daß ihre Tochter hier arbeitete. Frau Hofer war also als Kind die drei Stufen hinaufgestiegen und vor den Süßigkeitsgläsern stehengeblieben, die Gläser wurden immer größer und größer und die Süßigkeiten klebten mit der Zeit aneinander, weil auch die Kunden wie meine Mutter ausblieben mit den Jahren, und nun standen Fischers hinter der Verkaufstheke und warteten auf Kunden wie meine Mutter oder wie mich und sie dachten vielleicht auch an ihre Tochter, die im Büro arbeiten konnte, und Frau Hofer sagte, aber ich wohne schon viele Jahre mit meinem Mann im Neubau, wir haben eine Vierzimmerwohnung. Ich nickte. Und der Balkon nach Süden! Debbi sagte, das hatten wir auch, meine Eltern meine ich, wir hatten eine tolle Wohnung. Frau Hofer lächelte, lehnte sich zurück und rückte mit dem Stuhl näher an den Tisch heran. Der Kellner kam und stellte zuerst Debbi, dann mir, zuletzt Frau Hofer einen Teller auf den Tisch und sagte, guten Appetit allerseits, und verschwand.

Ich aß fast jeden Tag mit den beiden Frauen in dem Restaurant zu Mittag. Manchmal war Frau Hofer nicht da und ich aß mit Debbi allein, manchmal war Debbi auf einem Außentermin. Ein Außentermin war eine Besprechung in einer Druckerei, bei der Gewerkschaft, einer Organisation, und zu dem Büro und der Wärme und Sauberkeit kamen auch noch Spaziergänge und Unterhaltungen. War ich mit Frau Hofer unterwegs, erzählte sie mir von ihrer Wohnung, daß der Korridor um die Ecke verliefe, sie freitags alle Zimmer säubere und somit das ganze Wochenende für ihren Mann Zeit hätte und wie sie ihre Einkäufe organisiere. Nach einer Weile glaubte ich, schon in ihrer Wohnung gewesen zu sein, ihren Mann schon einmal getroffen zu haben und ihre Küche und den Inhalt der Schränke zu kennen.

Als es immer früher dunkel wurde, als der November sich hinzog, hatte ich manches Mal Kopfschmerzen. Mein Kopf war in unsichtbare Mauern eingeklemmt, ich suchte Dunkelheit und lief einmal an sieben Haltestellen entlang nach Hause. Ich wollte mich ausruhen, legte mich aufs Bett und erwachte ein Uhr in der Nacht. Zu Neujahr bekam ich Fieber und konnte eine Woche nicht zur Arbeit gehen. Ich hatte nur Fieber, keine Erkältung, keine Entzündung, nichts weiter. Als ich wieder in das Büro kam, lächelte Frau Hofer wie am ersten Tag und erkundigte sich lange nach dem Verlauf der Krankheit. Debbi unterbrach ihre Arbeit und hörte zu. Meine Mutter besuchte mich täglich, als ich mit neununddreißigfünf im Bett lag und ich war gereizt, sobald ich sie die Tür öffnen hörte. Sie sagte immer, aber du mußt etwas haben, Fieber ist ein Zeichen, irgendwas ist im Körper. Es ist nichts, sagte ich immer wieder, aber jeden Tag fing sie von neuem damit an und ich glaubte, schon deswegen Fieber zu haben. Als das Fieber am Wochenende sank, ging ich montags wieder zur Arbeit. Ich fühlte mich zum ersten Mal nicht stabil, ein Ausdruck, der mir gefiel für diesen Zustand, und beim Mittagessen im Restaurant glaubte ich, auf dem Stuhl zu schwanken. Frau Hofer und Debbi waren ungewöhnlich fröhlich an diesem Tag. Sie erzählten Begebenheiten aus ihrer Kindheit, Studienzeit, Jugend. Der Kellner sagte, Linsen, Eintopf und Kartoffelsuppe, und ich antwortete nach Frau Hofer und nach Debbi, Eintopf. Während des Essens begann ich plötzlich die Suppe zu schlürfen, so wie es mein Vater manchmal getan hatte, weil sie heiß war, weil sie ihm schmeckte, und meine Mutter und ich jedes Mal lamentierten. Ich schlürfte den Eintopf am Tisch mit Frau Hofer und Debbi, ich hatte nicht überlegt, ich hatte Lust dazu, ich wollte eine kleine Portion essen und als die Suppe kam, hatte sie gerochen wie der Eintopf meiner Mutter und ich schlürfte langsam einen Löffel leer. Frau Hofer lachte, sie lachte, sah mich an und sagte, endlich echt, endlich sind Sie mal echt, und nach einer kurzen Pause lachte auch Debbi. Die beiden Frauen saßen wie immer links und rechts neben mir. Ich war froh, daß der erste Tag leicht begonnen hatte.

Man kann es schon sehen

Ich hatte das Haus gesehen, das wie jedes Haus in die-sem Dorf, einstöckig, mit schwerem bemoosten Dach und kleinen quadratischen Fenstern einige Meter von der Straße in sein Grundstück eingerückt stand, und war überrascht, als Konrad sagte, da gehen wir rein. Wir lie-fen auf das Haus zu, Konrad drückte die Klinke der Ein-gangstür und ich hatte zweimal, was willst du in dem Haus?, zu ihm gesagt, aber er war weitergegangen, ohne mir zu antworten und nun drückte er die Klinke der zwei-ten Tür, gleich rechts auf dem Flur, der lang, dunkel und abschüssig durch das Haus führte. Ich wollte sagen, hier fällt einem die Decke auf den Kopf, und ich hörte Ge-murmel, als hinter der sich öffnenden Tür ein Dutzend Augenpaare sich auf uns zu richten begannen. Konrad lächelte. Das konnte ich nicht sehen, aber ich wußte und sah es an seiner leicht nach vorn geneigten Körperhaltung, daß er beim Eintritt in fremde Wohnungen, Zimmer, Ge-bäude die im Raum Anwesenden anlächelte, als ob er um etwas bat, etwas Geringfügiges, was jeder übrig hat, und diese Haltung und dieser Blick und seine Stimme brach-ten ihm stets sanfte Begrüßungen ein. Ich versuchte etwas in dem Raum zu erkennen, ich sah links eine hohe Theke, ringsum dunkle Täfelungen, dunkle Tische, daran saßen Männer in Arbeitsjacken, schweren Schuhen und mit zer-wühlten Haaren. Die Luft war feucht und verraucht, Nebel hing über den Köpfen. Es regnete seit mehreren Stunden. Erst hatte es zu nieseln begonnen, unhörbar, ein Film lag auf der Haut, wir hatten den letzten Zeltplatz schon mindestens eine Stunde hinter uns gelassen, und ich hatte mehrmals zu Konrad gesagt, wie weit willst du noch gehen, wir brauchen einen Platz für die Nacht, doch Konrad war weitergegangen und nur am Anfang hatte er zweimal ohne näher hinzusehen, hier nicht, gesagt, und die Siedlungen verschwanden, es gab nur noch sich bewegendes raschelndes Grün, es gab nur ein Ziel irgendwo entfernt, und der Rucksack zog an den Schultern und es zog den Nacken hinauf, auch weil wir alles hatten mitnehmen müssen, Büchsen mit Wurst, Brot, Konrad trug eine Wasserflasche, und den Übergang nicht bemerkend, wurden die Tropfen größer und lauter, so daß ich den Regen von den Lippen leckte, das Trommeln auf den Rucksäcken vernahm, und ich sagte, so können wir kein Zelt aufbauen, worauf Konrad schwieg und weiterging. Wir kamen auf eine Landstraße, und ich dachte, irgendwann muß ein Dorf kommen, eine Bushaltestelle, ein Abzweig mit einem Hinweisschild, und das Schwarz und die Härte des Asphalts waren wie eine Hoffnung, als tatsächlich ein Haus erschien auf der linken Seite mit eingefallenem Dach, dann eine Scheune mit pendelndem Tor, Häuser, deren gelber Anstrich vom Regen naß gewaschen war, und Konrad ging plötzlich auf ein Haus zu und hatte gesagt, da gehen wir rein.

Die Männer sahen uns an. Das Bier in den Gläsern stand ohne Schaum, und Konrad sagte, dobrý den, und ich sagte auch, dobrý den, und einige Männer murmelten etwas, als wir unsere Rucksäcke absetzten und an eine leere

Wand neben der Eingangstür lehnten. Konrad ging auf einen Tisch zu, an dem an der Stirnseite zwei Männer saßen. Wir setzten uns nebeneinander auf die Fensterbank. Konrad blickte zum Wirt, hielt Zeige- und Mittelfinger in die Höhe, lächelte, und ich sagte, ich will jetzt kein Bier. Hier gibt es nichts anderes, das siehst du doch, ich kann jetzt kein Bier trinken, sagte ich nochmals, und er zeigte wieder, aber nun nur mit dem Zeigefinger, an, was er wollte und rief zum Wirt, a mineralku, prosim.

Ich saß auf nassem Stoff. Meine Kleidung klebte an meiner Haut. Der Geruch der Kneipe würde von meinen Sachen aufgesogen werden, und ich würde die ganze Woche in Zigarettengeruch herumlaufen. Das Holz war hart. Der Wirt drehte den Zapfhahn auf, füllte ein Glas, kam an unseren Tisch und stellte das Bier und ein Glas Wasser ab. Kein Lächeln. Konrad sagte, děkuju, nahm das Glas auf, hielt auf halbem Weg zum Mund kurz an, prostete den beiden am Tisch Sitzenden zu und trank dann. Er trank das Glas fast leer, fast einen halben Liter, und ich schmeckte den Regen auf meinen Lippen. Der Raum war so niedrig und dunkel, so voller Qualm und Leute, daß alles wie eingesperrt wirkte und wir zufällig hierhergeraten waren, durch den Regen von draußen nach drinnen gescheucht, wartend, bis wir wieder würden hinausgehen können. Es war still, die Leute sahen uns nicht mehr an, sie blickten vor sich hin oder zum Wirt. Ich hätte gern ein Handtuch gehabt, einen leeren hellen Raum. Konrad bestellte ein zweites Bier, diesmal mit dem Daumen, und ich sagte, so schnell? Konrad sah mich nicht an, er lächelte den beiden Männern an der Stirnseite zu, sie nickten ganz leicht, es war fast ein Wippen. Der Wirt brachte das Bier,

Konrad trank einen großen Schluck und sagte zu mir, da wären wir im Trockenen, und freute sich dabei. Ich schwieg und sagte dann, wohin wollen wir noch gehen, es wird heute nicht mehr aufhören zu regnen. Mal sehen, sagte Konrad, drehte sich zum Fenster und wieder zurück, ohne mich bei diesem Schwenk anzusehen und sagte, es wird schon eine Lösung geben, es gibt immer eine Lösung. Mein Glas stand unbenutzt auf dem Tisch. Ich versuchte mit meinen Händen mein Gesicht zu trocknen, aber ich verteilte nur die Nässe, lehnte mich an und wartete. Ich fragte mich, wieso die Männer am Nachmittag Zeit hatten in der Kneipe zu sitzen, ob sie seit Mittag hier saßen und ihre Frauen die Arbeit zu Hause erledigten, ob ihre Höfe so klein waren, daß es nur für einen halben Tag Arbeit gab, daß sie vielleicht gar keine Arbeit mehr hatten und von ihrem Erbe lebten, von den Erträgen ihrer Eltern, die schon den Hof gehabt und sich durch Krieg und Nachkriegszeit geschuftet hatten, verloren und gewonnen, und nun erschöpft von allen Jahren hier saßen und Bier tranken und alle zehn Jahre Leute wie wir vorbeikamen und einen Hauch Bewegung in den Kneipennachmittag brachten. Ich sah mir die Männer an. Manche waren wenig älter als wir, junge Männer, es gab auch ältere mit Händen wie Äste alter Obstbäume, einer Haut wie durch Meerwasser gegerbt, und Augen, die aus einer Ferne in diese Kneipe blickten, die ich niemals würde erreichen, sehen, gar anrufen können, und ich fühlte mich auf einmal auf diese Bank, auf das Stück harte Holz gebannt, als ob ich etwas absitzen, etwas erwarten müßte, und ich sah jeden einzelnen direkt an. Niemand begegnete meinem Blick. Die Augen der Jungen flirrten, sie schienen etwas zu suchen in dieser Dunkelheit und Enge oder vor etwas auszuweichen.

Odkud jste, sprach uns der linke der beiden an der Stirnseite sitzenden Männer an, und Konrad sagte, Germania. Němci, sagte der rechte und blickte zu Boden dabei. Konrad zog eine Zigarettenschachtel aus seiner Hosentasche und legte ein zerdrücktes nasses Päckchen auf den Tisch. Der Mann, der uns angesprochen hatte, bot ihm seine Zigaretten an und gab ihm auch Feuer. Beide Männer sahen uns nun an. Konrad sagte, es regnet, und freute sich dabei und machte eine Handbewegung wie Kinder, wenn sie singend fallenden Schnee darstellen. Den ganzen Tag, sagte er noch, und die beiden Männer nickten, und einer sagte, prši. Ja, sagte Konrad, lachte und zog an seiner Zigarette. Hier ist es doch gut, sagte Konrad zu mir, sah mich an und lächelte. Ich sah, er wollte, daß ich auch lächelte, mich auch freute an der trockenen Stube, an den freundlichen Leuten und der guten Stimmung. Konrad war in guter Stimmung. Das sah ich an seiner Hand, wie er locker die Zigarette darin hielt, leichter als sie sowieso schon war, wie er sich freute und ganz leicht die Schultern wie beim Lachen bewegte, wenn er sagte, Germania, und, es regnet. Konrad hatte fast zwei Glas Bier getrunken, das war immer ein gutes Zeichen bei ihm.

Deutschland, sagte der Mann rechts mit so starkem Akzent, als ob er das Wort zum ersten Mal aussprach, und Konrad sagte freudig und sich dem Mann ganz leicht zuneigend, ja, Deutschland. Sie hoben ihre Gläser und prosteten sich zu. Ich trank von dem Wasser, wischte mir mit dem Handrücken über den Mund und bemerkte, daß mein Gesicht nun trocken war. Ich lockerte meine Haare mit den Händen auf, ich streckte meine Beine unter dem Tisch aus, schüttelte sie und hob den nassen Stoff von der Haut. Die Männer lächelten mich an und prosteten auch mir zu. Ich trank einen Schluck.

Hier können wir erst mal bleiben, sagte Konrad. Ja, erst mal schon, sagte ich. Vielleicht weiß einer der Männer, wie weit der nächste Campingplatz ist oder eine Jugendherberge oder so was Ähnliches, sagte ich anschließend. Ja, vielleicht, sagte Konrad sehr langsam, und ich sah, wie er seine Zigarette plötzlich etwas fester zwischen den Fingern hielt, wie er sich anstrengte, sie nicht zu zerquetschen, und ich sah mich aufstehen und um den Tisch gehen, auf dem Tisch lag eine weiße Tischdecke, ich mußte tief Luft holen und laufen, ich ging hinaus und stellte dort das Geschirr ab, ich dachte, aus, aus, aus, ich will nicht schon wieder Streit, nicht schon wieder diese sinnlosen Unterhaltungen, dieses Geschrei, wenn einer in dem Zimmer ist und der andere in dem anderen, und die Wände sich extra an diese Stelle gestellt haben, sie stehen seit fast hundert Jahren da und haben sich noch immer nicht beruhigt, noch immer nicht daran gewöhnt, es hört einfach nicht auf, und entweder einer fängt doch an zu schreien und dann geht das so eine halbe Stunde und noch einige Tage, oder ich bleibe in der Küche und halte mir den Kopf und denke, nein, weiter, weiter, weiter, es muß weitergehen, ich muß etwas tun, ich räume das Geschirr in die Spüle, und ich bekam Kopfschmerzen jetzt, vielleicht von der schlechten Luft in der Kneipe oder von dem Regen den ganzen Tag oder der harten Bank. Ja, vielleicht, sagte ich.

Wir Urlaub, sagte Konrad und zeigte dabei mit der

linken offenen Hand auf mich, als ob ich ihm erst kurz zuvor vorgestellt worden wäre als eine Frau, die einige Tage mit ihm in einem fremden Land unterwegs sein würde. Ich versuchte zu lächeln. Die Männer freuten sich und sagten etwas in ihrer Sprache. Dann sagte der Mann, der Deutschland gesagt hatte, der eine schwarze ausgeleierte Lederjacke und darunter ein kariertes Hemd trug, turisti?, putovat?, und bewegte seinen Oberkörper, als würde er schwankend laufen, und postierte seine Hände, als würde er sich an einem Rucksack festhalten, und Konrad sagte lachend, ja, wir wandern, bei Regen, und machte wieder diese Handbewegung, und alles schien für ihn so schön wie ein Weihnachtsgeschenk, alles zusammen, das Bier und die Kneipe, das Ausland und der Regen, die Rast nun und alle Leute in dem trockenen Raum. Konrad war bei guter Laune angekommen, er hatte einen Ort zum Ausruhen gefunden, er saß und erholte sich. Er trank einen kräftigen Schluck, prostete vorher den beiden zu, die ihrerseits das Glas erhoben. Wie heißt das Dorf, fragte Konrad und zeigte mit dem Zeigefinger immer wieder nach unten, das Dorf, der Name, wiederholte er, und die Männer sahen mich an, und ich sagte, imja derefuia, wie es ungefähr im Russischen geheißen hätte, und sie sagten ein Wort, aber ich verstand nur Zischlaute mit I und P und A, stand auf und holte die Karte aus dem Rucksack. Ich faltete das aufgeweichte Papier auf dem Tisch aus und einer der Männer suchte nach seinem Dorf auf der Karte. Er tippte einige Male auf eine grüne Stelle, die nun durch die Berührung seiner Finger einriß. Seine Hände waren ungeheuer groß, die Haut grob und trocken, und der Dreck in den feinsten Kerben und Falten zog sich wie ein

Muster darüber. Die Fingernägel waren kurz, und ich fragte mich, wer sie schnitt. Ist auch egal wie es heißt, sagte Konrad und lachte den beiden zu. Alle Sachen sind naß, sagte er und zupfte an seiner Kleidung, ano, sagten die Männer und nickten. Konrad zeigte auf das Zigarettenpäckchen, zögerte, es zu nehmen, schob die Augenbrauen hinauf, und der Mann nahm wieder das Päckchen in die Hand und bot es ihm an. Als Konrad die Zigarette herausgezogen hatte, zeigte der Mann mit einer kurzen schnellen Handbewegung auf mich. Er blickte Konrad dabei an. Konrad wies mit der geöffneten Hand wieder in meine Richtung, und ich sagte, du weißt doch, daß ich nicht rauche, der Mann hielt mir das Päckchen noch etwas näher hin und sagte, prosim, und ich sagte zu dem Mann, ne děkuju. Aber er will dich fragen, du kannst doch Russisch, sagte Konrad, und ich sagte, wir sind aber nicht in Rußland, nee, sagte Konrad, aber irgendwo in der Pampa, und lachte den beiden Männern etwas lauter zu und ließ sich ein Stück an die Rückenlehne fallen. Sie lachten auch. Konrad hob seine Hand und bestellte drei Bier beim Wirt. Wir haben auch gar keine Unterkunft für die Nacht, sagte Konrad in der gleichen Lautstärke zu den Männern, wir werden wohl draußen schlafen müssen, und hob das neue Glas an. Die Männer sprachen ein paar Sätze miteinander. Sie drehten sich um und sagten etwas zu den Männern am Nebentisch, einige sahen uns freundlich an. Campingplatz? sagte Konrad und schob wieder die Augenbrauen hoch. Kempink? sagte der Mann links, und dann, neni kempink. Moje dům, sagte jetzt der rechte Nachbar und klopfte sich dabei auf die Brust, prosim, moje dům, und öffnete nun beide Hände, als ob er zeigen wollte wie sauber sie sind. Wir können bei dir schlafen? sagte Konrad, oh, danke, sagte er laut und freute sich, und hob sein Glas und stieß es an die Gläser der Männer. Hast du das gehört?, siehst du, es klappt doch alles, sagte er zu mir. Ja, ja, sagte ich.

Eine Frau trat an unseren Tisch. Ich erschrak. Ich hatte mich in der Kneipe mehrmals umgesehen, sie aber nie bemerkt, sie mußte von einer Person verdeckt gesessen haben, und sie sagte, Deutsche, ihr seid's Deutsche. Ja, sagten wir. Der Mann links stand auf und ging hinaus. Sie setzte sich uns gegenüber und sagte, kann ich wieder mal Deutsch sprechen. Sie sagte, daß sie in dem Dorf geboren worden war, daß sie die einzige Deutsche hier noch sei, und sie sprach ein Deutsch mit einem Akzent, den ich noch nie gehört hatte. Sie rollte das R, aber nicht mit der Melodie des Russischen. Ihr Deutsch stockte manchmal und dann suchte sie Wörter, als ob sie in einer großen Kiste wühlen würde. Es war lauter geworden in der Kneipe. Ich hörte der Frau zu, sah mich um und blickte dann wieder zu ihr. Sie hatte einen dünnen hellilafarbenen Pullover an. Die Fäden waren aufgerissen, als ob eine Katze an dem Kleidungsstück gezupft hätte. Die Haare der Frau waren nicht nur licht, sie waren auch schon lange nicht mehr gewaschen worden, und nun merkte ich auch den Geruch, der von ihr ausging. Ein süßlicher Geruch, der vielleicht von dem glänzenden Film kam, der auf ihrer Haut lag, oder von ihren Händen, ihren Fingern, die ungleich lange Nägel hatten, und ihr Satz, ihr könnt in meinem Haus schlafen, hörte sich an wie Verführung, und ich sagte, danke, wir haben schon ein Quartier, und lächelte zu dem Mann, der uns sein Haus angeboten hatte, und er lächelte unsicher zurück, als ob er verstanden hätte, was wir gesprochen, und sie sagte, da können wir doch ein bißchen Deutsch sprechen, ne, und Konrad sagte, ja, das wär schön, und ich sagte, wir haben doch dem Mann schon gesagt, daß wir zu ihm gehen. Nein, wieso? sagte Konrad, wir haben noch gar nichts gesagt, gesagt haben wir fast nichts, und er lachte mit bebenden Schultern und erhobenem Glas, und ich sah immerzu den Mann an, der nun traurig schien, daß wir nicht sein Haus wählten, sondern das dieser Frau, die doch gerade an den Tisch gekommen war und nur weil sie deutsch sprach, eine alte Deutsche war, sofort von uns bevorzugt wurde und seine Gastfreundschaft so schnell unter den Tisch fiel, und ich verstand den Mann nicht, daß er so enttäuscht blickte, und ich verstand Konrad nicht, wie er dieser Frau sagen konnte, ja, wir übernachten bei Ihnen, das sagte er gerade, und er lächelte den Mann auch noch an, als ob er überhaupt kein Gewissen hätte, als ob er nicht wüßte, daß man nicht einfach so etwas aufgab, was man jemandem versprochen hatte, daß man nicht einfach so über etwas hinwegging, und die Frau sagte, es ist mein Haus, es gehört meiner Familie seit Generationen, obwohl ich es nach fünfundvierzig zurückkaufen mußte von der neuen Regierung, und ich unterdrückte etwas in meinem Hals, ich wollte etwas sagen, aber es waren so viele Wörter, so viele Sätze, und ich hörte die Frau sagen, das Haus ist nicht weit, man kann es schon sehen, wenn man aus der Tür tritt.

Bewegliche Teile

Vor ihnen war eine Wand, und sie hatte im ersten Moment gedacht, daß sie so etwas mehr Platz haben, ihre Beine würde ausstrecken können, aber als sie sich gesetzt, Jacke und Tasche zuvor im Gepäckfach verstaut hatte, spürte sie die Enge wie auf jedem Sitz dieser Flugzeuge. Ein Eingequetschtsein, von dem sie schon geträumt hatte. Sie wollte in einen Zug einsteigen und fand gleich hinter der Tür den Sitz, ein winziges Abteil, ausgefüllt von Schaumgummi, in dem die Konturen eines menschlichen Körpers herausgeschnitten waren und sie sich darin einpassen mußte. Das Material berührte ihr Gesicht, ihre Hände und Hüften. Mit dem ersten erprobten Atemzug war sie dann erwacht. Diesen und eine Reihe ähnlicher Träume hatte sie in den letzten Monaten gehabt und sich bemüht, die Entsprechung in ihrem Leben zu finden – die Träume waren direkt genug –, und war auf Parallelitäten gestoßen. Aber wie sie abschaffen, wie etwas ändern? Und im Flugzeug, sie saß auf dem Platz am Gang, dachte sie nun an Zahlen, nur einhundertsechsundsiebzig, nur dreiundachtzig, zweieinhalb, eine, Zahlen dieser Reise, für den Flug, das Hotel und so weiter, für die Organisation, die bequem und leicht am Computerbildschirm erledigt worden war. Nach der Ankunft würden sie mit dem Bus in die Stadt fahren müssen, was das einzige unvorbereitete Detail der Fahrt war. Die Nummer des Busses, der Ort der Haltestelle, der Tarif des Tickets, nichts davon hatte man vorher erfahren können. Sie haßte die Suche schon jetzt, sie wußte, Italiener beherrschten kaum eine andere Sprache als ihre eigene und fand die zwei Fremdsprachen, die sie konnte, Italienisch gehörte nicht dazu, ausreichend. Sie bemühte sich, Vorwürfe auszuschalten.

Im Tourismusbüro erwarben sie Wochentickets, die in allen Verkehrsmitteln, nicht jedoch für den Bus in die Stadt galten. Die Angestellte war freundlich und geduldig gewesen und hatte zweimal die Museen aufgezählt, für die man ebenfalls ein Wochenticket erwerben konnte. Sie kauften es nicht. Es gab eine anscheinend unendliche Zahl von Museen, und mit einem Kopfschütteln verständigten sie sich über die Einschränkung, die Ablehnung also. Als sie zahlten, sagte die Frau, bus stop number five, und wies mit einer Handbewegung hinter sich. Zügig gingen sie nach draußen. Auf dem überdachten Gelände aus Säulen und Schneisen begleitete sie das Geräusch der rollenden Koffer, das die Flughafenhalle geschluckt hatte, wie eine Wolke. Plastik auf Asphalt, ein Fabrikgeräusch, ununterbrochen. Und als sie die Gepäckstücke über den hohen Bordstein zogen, klang es wie Zerstörung, zerschlagen, kaputtmachen. Sie las den Fahrplan, der an einem gelben Mast in Augenhöhe hing, und sah auf die Armbanduhr. Zweiundvierzig, sagte sie.

Sie waren die einzigen Touristen im Bus. Ein junges Paar, das sich an den Händen hielt und stumm geradeaus sah, zwei Männer in Lederjacken, die sich kurz begrüßt hatten, und eine unentwegt telefonierende Mutter mit einem kleinen Mädchen. Sie fuhren durch Industrieorte, kamen immer mehr ins Land hinein, und sie glaubte, doch bald das Meer sehen zu müssen, die Türme der Stadt, eine Silhouette. Sie ging, sich bei jedem Schritt an einer Stange festhaltend, zum Busfahrer und sagte, a Venezia? Der Fahrer nickte, und als sie über den Damm fuhren, wollte sie erleichtert sein, aufatmen, wie bei einer Ankunft, aber der Lärm des ungedämmten Motors hatte aus dem Bus einen Maschinenraum und sie die ganze Fahrt über, fast eine Stunde, reizbar gemacht. Nach dem Ausstieg falteten sie den Stadtplan auf und orientierten sich. Sie legten die Route zum Hotel fest und liefen zielstrebig, als ob sie den Weg kannten. Einmal wollte sie stehenbleiben und eine Speisekarte lesen, das kannst du später machen, drängte er. Auf dem Campo Santa Margherita stoppten sie und sahen auf die Fassade des Hotels inmitten der angrenzenden Häuser und drehten sich auf dem belebten Platz. Er gefiel ihr, er gefiel beiden und sie sagten, schön. Sie fühlte sich jünger, plötzlich, beweglicher, gelassener auch, und sie betraten das Hotel. First floor, sagte der Mann, stieg vor ihnen die schmale Treppe hinauf und die Schritte hallten, als sei jede Wand, jeder Boden des Hauses hohl. Drei Leute klangen schon wie eine Masse. Sie öffnete das Fenster, folgte den Lüftungsrohren ins Erdgeschoß und roch Küchengerüche. Sie ließ sich schließlich auf das Bett fallen, das wie ein Trampolin nachfederte, und maß das Zimmer vor ihren Augen. Durch einen Spalt der im Prinzip geschlossenen Tür sah sie ins Bad, einer mit Pappwänden vom übrigen Zimmer abgetrennten Ecke. Ich habe es gewußt, sagte sie. Es ist doch in Ordnung, sagte er, wenigstens ist die Mückenzeit vorbei. Wieso? Sieh mal die Wände, sagte er, und sie schloß die Augen.

Am Ende des zweiten Tages hatte sie den Eindruck, in jeder Straße gewesen zu sein, in jeder Gasse, in jedem Durchlaß, auf jedem Platz. Diese Stadt bräuchte keine Verkehrsmittel, sagte sie, alles ist zu Fuß erreichbar. Eigentlich ja, hatte er gesagt. Sie hatten ein paar Ziele gehabt, die Ziele jedermanns, und auf den Wegen zu einem anderen, nächsten hatten sie dann jene Kirche, Brücke, jenen Palast nochmals gesehen, nochmals gestreift. Diese Stadt war nicht größer als ein Stadtteil, ein Bezirk, vollgestopft, überquellend von drängenden, sich vorwärts schiebenden Körpern, von fremden, lauten und im ganzen doch eintönigen Stimmen. Und diese Stadt war dreckig. In den Pfützen schimmerte Taubenkot, Kabel hingen wirr unter den Arkaden, Putz fehlte an den meisten Häusern bis in die oberen Etagen hinauf, das Rot der Ziegel lag brach, und sie fühlte, ob sie mit bloßer Hand den Stein würde zerreiben können. Wenn ein Haus erhalten, hell und trocken zwischen verlorenen Nachbarn steht, dachte sie, wirkt es einsam, auch auf eine unangenehme Art mächtig. Und als sie von einem Ausflug nach Giudecca zurückkehrten, wo sie nur eine knappe Stunde auf der Uferpromenade und in den Gassen unterwegs gewesen, wo Fenster und Nischen mit Blumentöpfen geschmückt waren, fiel ihr endlich auf, was ihr in den vergangenen Tagen gefehlt, wonach sie sich, ohne daß sie es vorher hätte benennen können, gesehnt hatte – Grün, Pflanzen, etwas, das sich bewegt, im Luftzug, im Wind, beim Vorübergehen. Bis auf zwei, drei seltsam dürre Bäume auf einigen wenigen Campos und Piazzas bestand Venedig nur aus Stein, aus porösem, bemaltem, verzierendem Stein, eingeschlossen von angeschwemmtem Meerwasser. Ganz besonders im Norden, in Cannaregio, an einem Tag, den sie getrennt verbrachten, glaubte sie, sich in ein stillgelegtes Wohn- oder Industriegebiet verirrt zu haben, sah dann Wäsche auf einer Leine flattern und suchte zielstrebig die Bootsanlegestelle. Gegenüber lag die Insel San Michele, auf der sie auch, ein Wunsch von ihm, gewesen waren. Eine geometrische Gartenanlage, eine halbe Stunde übers Wasser, bei den Toten. Auf der langen Rückfahrt von der nördlichen Anlegestelle über den südöstlichen Zipfel schlug das Boot unentwegt hart auf. Der Bug wurde hochgehoben und klatschte aufs Wasser. Eine Handvoll Mitfahrende verteilte sich auf den Sitzplätzen. Sie stand auf der offenen, überdachten Plattform, hielt sich mit beiden Händen an der Reling und beobachtete die Schaffnerin, die Angestellte an der Pforte zum Boot. Diese hatte eine Hand locker auf dem Gitter und sah auf das Ufer, nicht überdrüssig, aber auch nicht gespannt. Die blaue Uniform, die korrekte Erscheinung jedes Angestellten der Venezianischen Verkehrsgesellschaft war ihr nach ein paar Tagen auffällig gewesen, sie stand ganz im Gegensatz zu allem anderen Verständnis für Intaktheit, Reinheit auf dieser Insel. Diese Frauen und Männer auf den Vaporettos, kaum älter als vierzig, waren höflich, aber kühl, Fragen von Touristen beantworteten sie meist mit einem Kopfschütteln oder Nicken. Näherte sich das Boot einer Anlegestelle, warfen sie die Leinen aus, zurrten sie am Poller fest und öffneten dann geräuschvoll das Gitter. Den Strom der Aus- und Einsteigenden dirigierten sie mit einer Arm-, manchmal nur mit einer Handbewegung. Kam ein Fahrgast unsicheren Schrittes, halfen sie ihm mit einem festen Griff in den Oberarm beim Übertritt, alles

ohne Worte. Eine eintönige, schwere Arbeit, dachte sie, auch Venedig hatte kalte Monate. Die Frau auf dieser Linie war sehr jung, hatte ihr dunkles Haar im Nacken streng zusammengebunden, und kleine goldene Ohrstek-
ker funkelten wie Erkennungszeichen. Sie hätte die Angestellte gern etwas gefragt, irgend etwas, aber außer dem fehlenden Italienisch hinderte sie auch deren Miene, sie verriet keine Langeweile, kein Bedürfnis, nichts. In diesem Moment drehte sie sich vom Gitter fort, öffnete die Tür zur Kabine des Bootsfahrers und sagte etwas zu ihm. Der Mann nickte, und sie begannen eine Unterhaltung, gleichmäßig, unaufgeregt, als ob sie über die Schule ihrer Kinder sprachen oder über einen neuen Supermarkt in der Umgebung.

Die Fahrt gefiel ihr. Vom Wasser aus, auf einem Boot ist Venedig schön, fand sie. Die Stadt ist größer, leichter, sie rückt einem nicht auf den Leib. Obwohl, es hatte auch auf dem Festland schöne Orte gegeben. Schmale Wege am Wasser entlang, auf denen man mehr Einheimische als Touristen sah, das Gemüsegeschäft vom Boot aus betrieben und die schwarzen, spitzen Gondeln, die wie ein scharfes Messer durch das Wasser glitten, kaum anzutreffen waren. Selbst wenn die Gondoliere gestreifte T-Shirts und rote Bänder um den Hut trugen, so stakten sie doch durch das Wasser und warteten meist auf Passagiere. Jene kleinen Brücken hatten ihr gefallen, die sich nur wenig über einen Wasserarm erhoben, eher gewölbte Fußwege waren, eine Erlaubnis, über Wasser gehen zu dürfen für einen Moment. Und dieses Heben und Sinken war nun auch auf dieser Tour. In die Knie gehen, nachgeben, standhaft bleiben, ein schönes Spiel. Wieder sah sie zu der Frau in der blauen Uniform. Sie stand noch immer bei dem Bootsfahrer. Beide schwiegen jetzt. Wie lange es wohl dauert, fragte sie sich, bis man das Wippen nicht mehr in den Knien spürt, wenn man an Land tritt. Wie in der Kindheit das Schaukeln der Hängematte noch abends im Bett, nachdem man einen ganzen Tag darin verbracht hatte, mit nichts anderem als schaukeln und durch das Laub in die Sonne blinzeln. Keinesfalls würden die Bootsfahrer dies abends noch spüren. Alles wird Gewohnheit mit der Zeit. Vielleicht würde sie nach dem nächsten Ausstieg bewußt etwas einknickend gehen, tanzen auf dem Asphalt, eine Verrückte, die durchdreht im Urlaub.

An der Haltestelle Zaccaria wechselte sie die Linie und fuhr auf dem Canal Grande bis Roma, wo sie beide verabredet waren. Sie hatte mehrere Male mit dem Reiseführer in der Hand versucht, alle Paläste dieses Weges zu benennen, genau und dann dauerhaft aufzählen zu können, Casa Rezzonico, Palazzo Giustinian, Casa Foscari, Palazzo Balbi, gegenüber Palazzo Grassi, Palazzo Contarini delle Figure, Mocenigo Paläste und so weiter und so weiter. Verwirrt hatte sie aufgegeben. Es war schön, an diesen Monumenten entlangzufahren, vom Wasser geschaukelt, vom Boot getragen zu werden. Bei manchen Häusern mochte sie sich den Zustand im Innern nicht vorstellen, bei anderen wiederum war der Eindruck wahrscheinlich nichts weniger als prunkvoll. In der Nähe der Rialto-Brücke hatte sie, wie auch auf den Fondamentas, Calles, Rivas ringsum, ein beklemmendes Gefühl, dieser Ort war ein Nadelöhr, wer hindurchkam, schien gerettet.

Das Boot legte an. Sie trat hinüber auf den Asphalt,

ging ein paar Schritte, belächelte ihr Gefühl in den Knien, nachgeben, einen Grund nicht aufgeben zu wollen, und sah sich nach ein paar Metern noch einmal um. Ein anderes Boot hatte gerade abgelegt, die Blätter schraubten sich durch das Wasser, es schäumte auf, und sie sah auf das geschlossene Gitter, die blau uniformierte Gestalt an der Seite und auf einen Mann im hellen Mantel. Er stand ganz aufrecht, bewegungslos, in einigem Abstand zu den anderen auf der Plattform und hielt eine schmale Aktentasche in der rechten Hand. Das Boot schwankte vom geschäftigen Verkehr der Haltestelle. Der Mann war etwas größer als die Umstehenden, hielt sich nirgends fest und wirkte nicht unsicher. Das Boot schwankte noch etwas mehr und die aufrechte Gestalt des Mannes mit ihm. Auf und ab, ganz gerade hielt er sich in der Bewegung, er strahlte Ruhe aus, nicht Warten oder Geduld, nur Gelassenheit in diesem Moment. Und plötzlich hatte sie Sehnsucht, auch so aufrecht und ruhig und wie der Mann stehen zu können, so helle Kleidung zu tragen und mit einer schmalen Tasche unterwegs zu sein, zu einem Ziel, das sie nicht genau kannte, das Überraschung versprach, Freude, Leichtigkeit. Das Boot entfernte sich und sie sah auf das Gitter, von dem sie wußte, daß es angeschlagen, die Farbe abgeplatzt war, und haßte sich für diese Beobachtung. Sie drehte sich fort und sah auf die Uhr.

Turn

Sie sprangen mit einer Harpune in der Rechten, die mit einem langen, orangeroten Schlauch wie einer bloßgelegten Ader mehrmals umwickelt war, und einer gleichfarbigen Signalboje in der anderen Hand, ins Wasser und tauchten so lange nicht wieder auf, daß man denken konnte, sie seien verschluckt worden von diesem Meer, von dieser Tiefe, von der Schwärze und dem immerwährenden Rauschen. Die auf der Jacht Verbliebenen sahen, kerzengerade sich mit dem Schwanken aufrecht haltend, hinterher. Sie hatten keine Angst. Es war Neugier, Sportsgeist, mit dem sie von den dreien angesteckt worden waren und nun warteten. Weit entfernt, schon schlecht mit bloßem Auge sichtbar, tauchten zwei auf, danach der dritte, blieben kurz an der Oberfläche und verschwanden wieder. Die Signalboje wurde von den Wellen hin und her geschaukelt, als ob das Meer kochte. Der Skipper sagte zu einer der beiden Frauen, willste auch mal? Eigentlich ja, sagte sie, aber nur mit Flasche. Klar, sagte er, ich hol die Sachen rauf, ja? Sie segelten seit dem gestrigen Morgen und wollten in zwei Tagen auf der gegenüberliegenden Insel ankommen, nur um dort, nur um einmal eine kurze Strecke über das Meer gefahren zu sein. Die Taucher kamen von der südlichen Halbkugel, flogen um die Welt, um Fische zu jagen, schleppten schweres Gepäck mit sich, plauderten fortwährend und drehten Saltos in der Luft, wenn sie ins Wasser sprangen. Sie hatten wie der Skipper braungebrannte trainierte Körper und bewegten sich, als ob Wind, Gewicht und Trägheit keinen Widerstand darstellten. Die Taucher würden jetzt eine Weile wegbleiben, so die Abmachung.

Die Jacht war in der Nähe einer Klippe verankert und schaukelte stärker, als wenn sie zielgerichtet segelte oder vom Motor angetrieben fuhr. Der Skipper brachte Kleidung, Schläuche, Gurte herauf. Schwarze, labile Gummiteile lagen wie ein Knäuel toter Tintenfische auf der weißen Sitzbank. Die Taucherin nahm Maske und Schnorchel, setzte sich im Gehen beides auf und stieg in das Wasser. Sie blieb flach auf der Oberfläche liegen. Ihr Körper wurde abgetrieben, schlingerte. Und du? sagte der Skipper zu der Frau, nachdem er die Sauerstoffflasche auf den Dielenboden abgelegt hatte und ein kurzer dumpfer Ton zu hören gewesen war. Ich bleibe hier, sagte sie. Der Mann gab ihr einen Kuß auf die rechte Wange. Er berührte nur ihre Haut mit seinen Lippen, verweilte und sagte leise, so nah an ihrem Ohr, schön, zu ihr. Dann setzte er sich, band Gurte auf, legte alles zurecht. Die Freundin rief aus dem Wasser heraus, das mußt du dir ansehen, das sieht phänomenal aus, und schwamm zum Schiff zurück. Sie tauschten Maske und Schnorchel, die Frau stieg ins Wasser hinab und sah, sich mit einem Arm an der Leiter festhaltend, in die Tiefe hinab. Sie sah in eine türkise Welt, in ein Panoramabild unendlicher Größe, in dem karstige Felsstücke auf hellem Boden lagen, manche fast bis zur Spitze eingeschlossen von Sand, als ob das Meer sie in den Boden gedrückt hätte und auch der vielleicht irgendwann zurückweichen würde unter der Schwere eines ganzen Ozeans. Sie erschrak und tauchte mit einem Ruck wieder auf. Sie kletterte die Leiter hinauf, riß die Tauchausrüstung herunter und sagte, das kann ich nicht, keinesfalls. Das ist doch toll, sagte die Freundin. Ich kann nicht sehen, wie tief es ist, zwei Meter, hundert Meter, das macht mir angst, als ob ich hinunterfiele. Quatsch, du kannst doch schwimmen. Auch die Stille hatte die Frau erregt, das Tonlose, darin Eingeschlossene. Der Skipper kontrollierte die Tauchgeräte, er drehte einen Schlauch ab und wieder auf und sagte dann, der Atemregler funktioniert nicht. Er probierte es immer wieder und sagte, es tut mir leid, vorige Woche habe ich ihn noch benutzt, er ist kaputt, tut mir leid. Die Freundin stand nun neben ihm, wartete noch einen Moment, aber sagte bald, ach das macht nichts, wär' zwar schön gewesen, aber ich schnorchle eben. Okay, sagte der Skipper, dann mach los. Soll ich dir helfen, die Sachen zurückzubringen, nein, nein, sagte er, das ist meine Arbeit. Ich mach' das, sagte die Frau, und die Freundin nahm außer der Tauchmaske und dem Schnorchel nun auch die Flossen und glitt, auf dem Heck sitzend, langsam ins Wasser. Sie schwamm in Richtung der Klippen, und die Frau dachte, daß sie sich daran verletzen könnte. Sie überlegte, ob die Ankerleine kurz genug war, um die Jacht nicht auch an die Felsen schlagen zu lassen, sie dachte an ihre Freundin, die manchmal lächelte über ihre Befürchtungen, und sie dachte noch einmal an den Rochen, der gestern, als sie die Küste noch als einen schwarzen hügeligen Streifen sehen konnten, dem Schiff über eine halbe Stunde gefolgt war. Der Skipper hatte ihn entdeckt und nur sie auf den Fisch aufmerksam gemacht. Ein großes dunkles Tier glitt mit gleichmäßigen rhythmischen Schwingen durchs Wasser. Es hielt den Abstand genau ein, und sie beobachtete den Fisch, bis er verschwand, einfach nicht mehr auftauchte nach einer Bewegung. Anfangs war ihr das Tier unheimlich gewesen, sie hätte es selbst noch nicht einmal in den Wellen ausgemacht, aber als der Skipper sagte, das sind kontaktfreudige Tiere, hatte sie die Flossen wie Volants am Saum eines weiten Kleides sich bewegen sehen. Der Fisch war ein Begleiter aufs Meer hinaus gewesen. In der Nacht, als die Taucher und die Freundin sich in ihren Kabinen schlafen gelegt hatten, waren sie und der Skipper an Deck geblieben. Sie hatten sich kurz danach geküßt. Sie waren bald außer Atem und drehten sich auf dem schmalen Boden zwischen den gegenüberliegenden Bänken. Sie konnten sich abstemmen an den Rückwänden. Die Nacht war warm gewesen. Er hatte sie später in die Koje zum Schlafen geschickt. Er mußte noch wach bleiben und das Boot steuern. Am Vormittag dann schlief er und die Taucher übernahmen die Navigation.

Sie brachte die Weste, die Jacke und den Anzug hinunter, er nahm ihr die Sachen ab und umarmte sie. Seine Hände lagen auf ihrer Hüfte, auf ihrer Haut. Die sind jetzt erst mal weg, sagte er. Sie nickte, lächelte, und er küßte sie. Er küßte sie sofort mit offenem Mund, als ob sie schon eine Weile so standen, eine Weile sich angenähert hatten und vorangeschritten waren in den Berührungen. Er schob sie gegen eine Wand, drückte seinen Körper an ihren, und das Auf und Ab des Bauches beim Atmen, das Anstoßen und wieder voneinander Lösen wurde, obwohl es am Anfang wie ein Zittern, eine Unsicherheit schien, zu einer Sprache, einer Verständigung. Ihre Körper diktierten ihnen ihr Tun. Sie wölbte ihren Bauch, er drehte seinen Schoß gegen ihren und zog dann die Badehose über seine Hüften, seinen Po und die sich für einen Schritt erhebenden Beine hinab. Sie sah ihn an. Er war am ganzen Körper gebräunt, als ob er immer nackt ginge, und sie berührte seine Backen, strich mit den Fingern über die Leisten nach vorn und hielt ihre rechte flache Hand an sein Geschlecht. Die Haut war dünn, gespannt über volle Adern, und sie bewegte und schloß ihre Hand, kreiste mit zwei Fingerspitzen über den wie Lippen zu einem Kußmund aufgestülpten prallen Kopf. Die Zartheit erregte sie. Er atmete an ihrem Ohr und zog, sich bückend, ihre Bikinihose hinab, kehrte, Beine, Bauch und, das Oberteil abstreifend, ihre Brüste küssend, wieder zurück. Sein ganzer Körper war angespannt. Er drückte sie noch etwas mehr an die Wand, ging ein wenig in die Knie und hob ihr rechtes Bein an. Er faßte es wie einen Gewehrkolben und legte es auf seine Hüfte. Sie hatte trotz allem das Gefühl eines Entzuges, einer immer größer werdenden Ferne und suchte mit Bewegung nach Ausgleich, streckte sich und senkte ihren Körper gleich wieder hinab, und plötzlich schlug etwas hart auf das Deck. Ein dumpfes Geräusch, gefolgt von mehreren kurzen Stößen und dann Stimmen. Die Taucher waren zurückgekehrt. Sie sprachen durcheinander, legten etwas auf den Boden, gingen hin und her. Der Skipper und die Frau hielten inne. Sie atmeten wie kurz nach einem Hundertmeterlauf. Langsam ließ er ihr Bein los, stieß sich von der Wand ab und lächelte sie an. Geh doch in die Kabine, sagte er, ruh dich aus. Sie nickte, er hob ihre Sachen auf, zog die Badehose über und ging dann die Treppe hinauf. Das Geräusch seiner nackten Füße auf den Holzstufen klang wie eine Zärtlichkeit, die sich entfernte und oben in dem Getrappel mehrerer Schritte unterging. Sie legte sich auf ein Bett. Sie hörte Gejohle, Staunen, ernste Worte und dachte an die drei und ihr Fortbleiben, daß sie die ganze Zeit getaucht hatten, ohne Sauerstoff, nur mit der Kraft ihrer Lunge und daß sie offenbar einen Fang gemacht hatten. Sie ging an Deck. Ein Fisch, groß wie die Spannweite zweier Arme, lag auf dem Heck der Jacht, grau, silbern, mit leicht geöffnetem Maul und einer blutenden Wunde über den Kiemen.

Die Taucher sprachen fortwährend. Ein frischer Wind wehte, spürbar nach der warmen Luftstille in der Kajüte. Die Männer hatten ihre Anzüge bereits ausgezogen. Schwarze Arme, Beine und Körper lagen wie eine abgelegte Haut auf dem Oberdeck. Das vordere Ende der drei Harpunen war mit einem Stück Gummischlauch überzogen. Sie hatte sich gestern, als sie die ungeschützten Speere versehentlich berührte, fast am Oberschenkel verletzt. Ein knapp zwanzig Zentimeter langes Stück Metall, dick wie ein Schraubenzieher, spitz wie eine Nadel und scharf wie ein geschliffenes Messer. Die drei beugten sich über den Fisch, hantierten mit Gerätschaften und dann hob ihn einer in die Höhe. Twenty-seven and a half, sagte der größte von ihnen, mit kurzgeschorenem Haar und einem Oberkörper, der etwas zu lang in der Proportion schien. Alle drei johlten, fotografierten den Fänger mit seiner Beute, und der Mann, der kleinste von ihnen, korpulent und mit einem gebräuntem Körper, der auf einem sowieso dunkleren Teint beruhte, hielt die Masse, ohne zu zittern, mit erhobenem Arm. Er lächelte wie an einem besonderen

Tag. Er freute sich, er war voller Energie, kein Anzeichen von Anstrengung, Erschöpfung. Die Männer stellten sich ihm zur Seite und baten den Skipper um Fotoaufnahmen. Alle drei mit dem Fisch, einer mit dem Fisch, der Fisch auf dem Boden, die Männer stehend dahinter. Auch der Skipper freute sich und gab kurzerhand den Fotoapparat an die Frau weiter. Der Skipper mit den Tauchern und dem Fisch liegend vor ihnen, der Skipper den Fänger mit dem Fisch umarmend, der Skipper in der Mitte der drei, alle umschlungen wie Kameraden und zuletzt mit lautem Hoho, der Skipper allein mit dem Fang in der hochgehaltenen Hand. Als er den Apparat wieder an sich nahm, gab er der Frau einen Kuß auf die Wange und lachte. Er hatte, hast du das gesehen, oder, irre was, mehrmals zu ihr gesagt, wenn er, bei dem Hin und Her auf Deck, an ihr vorübergekommen war. Sie hatte mit aufgestellten überkreuzten Beinen auf dem Sonnendeck gesessen, war dann aufgestanden und sah, an einen Mast gelehnt, nach der Freundin, die nah am Felsen im Wasser treibend lag. Sie dachte, ihr winken, ihr irgendwie Bescheid geben zu müssen, damit sie das Schauspiel mit ansehen konnte, denn nun hatte einer der Taucher ein Messer in der Hand und schlitzte den Fisch mit einem Schnitt am Bauch auf, als ob er in Pergament schnitt, in Butter. Sie sah dem Filetieren zu. Dieser Taucher stand mit seiner Größe zwischen den beiden anderen. Die Farbe seiner Bräune war nussig. Aber auffälliger als sein proportionierter Körper, als sein schöner Kopf mit dem dichten braunen, kurzgeschnittenen Haar, war sein Lächeln. Er hatte sie einige Male angelächelt, und sie hatte geglaubt, allein damit gemeint zu sein, bis sie beobachtete, daß er der

Freundin und auch seinen Tauchkollegen und dem Skipper auf die gleiche Weise begegnete. Ein Lächeln mit unverstellt weißen Zähnen, mit Augen, die direkt den Angesehenen und niemand sonst sahen, mit sofort ineinander übergehenden, sich miteinander verbindenden Linien, Wellen und Falten um die Wangen, die Schläfen und bis über die Stirn. Und dies alles strahlte so viel momentanes Glück aus, daß kein Zweifel bestand an dem Adressaten dieser Botschaft, der auch der Urheber dieses Gefühls sein mußte und nicht etwa eine frühere Begebenheit oder gar etwas Zufälliges. Als sie die Austauschbarkeit seines Lächelns wahrnahm, war sie nicht etwa traurig oder erschrocken, sondern dachte, wie sich dieser Mann wohl fühlte, welches Gesicht er zeigte, wenn er allein in einem Zimmer war. Sie scheiterte bei dieser Vorstellung. Und dieser Mann zerteilte einen Fisch, der bis vor einer halben Stunde in diesem Ozean gelebt hatte, tauchend, wie die Männer, die dies hart hatten erlernen müssen. Der erste Abend war mit ausführlichen Schilderungen ihres Trainings ausgefüllt gewesen, und auch da hatte der Skipper immer wieder gestaunt und gesagt, was, einhundert Meter?, und die drei hatten manchmal stumm genickt oder, of course, gesagt. Die Innereien warf der Mann über Bord. Er griff mehrmals in den Bauch des Fisches, nahm etwas heraus, riß auch ein-, zweimal und schleuderte es dann in hohem Bogen ins Wasser. Das Fleisch war weiß, fest, und auf einmal störte sie sich am Tempo seiner Fertigkeit. Sie dachte, so schnell verdirbt kein Fisch, es ist früher Nachmittag, das Licht bleibt noch viele Stunden, im Ozean gab es keine Termine. Die Männer waren organisiert, sie arbeiteten Hand in Hand.

Einer kümmerte sich weiter um die Taucheranzüge und die Harpunen, der Skipper war in die Kajüte hinuntergegangen und verstaute die Fleischstücke im Gefrierfach, die der dritte ihm, zuvor portionsweise in Tüten verpackt, hinunterbrachte. Sie stand und betrachtete diese Fabrik. Der Fisch lag nun kopflos, mit aufgeklapptem Körper, der in quadratische Stücke geschnitten wurde. Dies und das unaufhörliche Reden der drei schien das Tier noch einmal anders als mit der Waage zu bewerten. Als ob es nicht nur getötet, gewogen und geteilt, sondern in andere Dimensionen übersetzt wurde, Größe, Farbe, Festigkeit, Schönheit sogar, und obwohl der Fisch tot war, spielten seine Fähigkeiten zu Lebzeiten eine große Rolle, seine Schnelligkeit, Geschicklichkeit, Kraft. Sie priesen das, was sie getötet hatten.

Was ist denn hier los? rief die Freundin aus dem Wasser, und die Frau sagte, ich wußte nicht, wie ich dich rufen sollte, sie haben einen Fisch gefangen. Einen Fisch, sagte die Freundin, und der Mann mit dem Messer trat kurz zur Seite, sie stieg die Leiter hinauf, machte einen großen Schritt über die weiße Schlacht, über die blank geschabte Fischhaut, die wie ein nasses Tuch auf dem Holz klebte. Das hättest du sehen müssen, der Fisch war riesig, ich habe noch nie einen so großen Fisch gesehen. Sie haben eine Waage dabei, hängen ihn an einem Haken auf und fotografieren dann alles. Und wieviel wog dieser Fisch? Das habe ich vergessen, aber er war fast so groß wie ein Mensch, er reichte uns bis zur Schulter vielleicht. Die Freundin ging noch einmal zu dem Mann am Heck, der gebückt über einer Fischhälfte stand, die er mit geraden Schnitten wie in neu gewonnenes Land teilte. Er sah auf, lächelte, als ob er damit sagte, hallo, ich habe auf dich gewartet, aber die Frau hörte, Amberjack, its an Amberjack. Die Freundin nickte, kam zurück, und die Frau sagte, der Fisch war zwar silbern, aber schimmerte etwas bräunlich, fast golden, und auf dem Rücken hatte er einen gelblichen Streifen, das sah toll aus. Mensch, und das habe ich verpaßt. Wie sollte ich dich rufen, du stecktest immer im Wasser. Ja, ja, sagte die Freundin, aber bei mir war es auch toll, das hättest du sehen müssen, das Wasser da ist völlig klar, du siehst die Fische ganz deutlich, kleine bunte Fische. O nee, das hätte ich nicht sehen wollen, du weißt doch gar nicht, ob die gefährlich sind. So kleine Fische sind nicht gefährlich, die schwimmen vor dir weg, wenn du dich ihnen näherst. Woher willst du das wissen? Ich weiß das auch nicht, aber das merkt man doch. Na okay, sagte die Frau, die alte Diskussion. Ja, sagte die Freundin lachend und ging zu dem Mann mit den kurzgeschorenen Haaren. Er zog blaue Hüllen über die Harpunen und trug die Pakete einzeln in die Kabinen. Er hockte auf dem Boden, nickte, wenn die Freundin etwas fragte, oder sagte, yeah, zu ihr. Sie stand noch bei ihm, als der Korpulente auf der Treppe erschien und, enough, its enough, rief und den mit weißen Fischstücken gefüllten Gefrierschrank meinte. Die Männer hielten inne bei ihrer Arbeit. Der Skipper rief aus dem Bauch des Schiffes, heute abend gibt es Fisch, oder möchte jemand was anderes? Die Männer lachten, obwohl sie nicht verstanden haben konnten. Der Charmante sah die Frau an, und sie sagte, so we have a fish meal tonight, und die Freundin sang, tonight, tonight. Die Frau lachte. Die Männer teilten weiter das Tier auf, das nun in Schüsseln gefüllt wurde. Dann kam der

Skipper herauf und sagte, wir machen los, und wies den Großen an, den Anker einzuholen, er selbst startete den Motor, und in langsamem Tempo entfernten sie sich von dem Felsen, von dieser Position im Meer, die auf der Karte eine Reihe von Ziffern war und hier, direkt am Ort, eine von Wassermassen zur Unauffindbarkeit umflutete Stelle. That's it, sagte der Mann mit dem Messer, richtete sich kurz auf, sah noch einmal auf den Fisch und schob dann den Rest, gut ein Drittel, ins Meer. Etwas Verstümmeltes rutschte ins Wasser, etwas, das so vorher nicht da gewesen, das unbrauchbar geworden war, nachdem man sich daran erfreut hatte und die aufsteigende Freude diesem Etwas gleichsam den Wert entzogen hatte. Einer stand schon da mit einem Eimer, und sie schöpften Wasser und spülten das Heck, schrubbten das Holz mit einer Bürste, daß eine reichliche halbe Stunde verging, bis sie die Leiter einholten und einer das Signal zum Segeln gab. Der Motor verebbte, ein Geräusch, das sowieso nicht zu diesem Ort paßte, eine Maschine im Meer, und das Schiff torkelte fast. Die Männer setzten die Segel, sie hantierten, kurbelten, steuerten wortlos, nach wenigen Minuten zog die Jacht durch das Meer, als ob es eine unsichtbare Schneise für sie gäbe, auf der sie sicher an ihrem Ziel ankommen würde.

Die Frau ging in die Kombüse hinunter. Sie sagte, kann ich dir etwas helfen, und der Skipper lächelte und sagte, immer. Sie deckte den Tisch, suchte Servietten und sollte von der Soße probieren, sich dann hinsetzen, ich mach' das schon, sagte er, und dann wartete sie auf der Sitzbank und sah dem Mann zu, der ein Geschirrtuch in den Saum der Badehose geklemmt hatte und vor dieser auf das Notwendigste beschränkten Küchenzeile tänzelte. Aus den Pfannen und Töpfen stieg weißer Dampf, und plötzlich war ihr beklemmend zumute beim Betrachten des Mannes, seiner Nacktheit und seiner Muskeln, seiner Bewegungen und seiner Gewandtheit. Sie wollte ihn umarmen, für einen Moment von ihm festgehalten werden. Sie wußte nicht, was mit ihr geschah, blieb einfach sitzen, spürte ein Zittern in ihren Knien und sagte nichts, wartete, bis es vorüber war. Ich glaube, wir können, sagte der Skipper, und sie rief die anderen von der Treppe aus mit, ready, zum Essen. Die Freundin rutschte auf einen äußersten Platz der Sitzbank, der Charmante setzte sich neben sie, die beiden anderen stellten den Autopiloten ein und nahmen dann auch Platz. Die Frau sagte, was wollt ihr trinken, Bier oder Wein, Wasser ist auch da. Beer, sagten die Taucher, und die Freundin sagte, ich trinke auch Bier, und die Frau nahm nacheinander die Flaschen aus dem Kühlschrank und die Gläser vom Bord und stellte alles auf den Tisch. Was trinkst du, sagte sie zu dem Skipper und legte in dem Moment eine Hand auf seine Hüfte, auf seine Haut, die eine so große Wärme ausströmte, und mit dieser Temperatur zugleich so viel Ungeduld in ihr aufstieg, daß sie die Freundin, die ratlos vor einem sich nicht öffnenden Schubkasten stand, anfuhr, na so mußt du das machen, so, und den Verschluß aus der Halterung nach oben riß, den Kasten bis zum Anschlag aufzog und sagte, was willst du denn, es liegt doch alles auf dem Tisch. Wir brauchen noch einen Flaschenöffner, sagte die Freundin ruhig, und die Frau sah sich erschrocken um, sah noch einmal auf den Tisch, als ob sie sich nicht hatte vorstellen können, etwas vergessen zu haben. Diese Unruhe blieb in ihr, beherrschte sie während der ganzen Mahlzeit und auch danach, als sie mit dem Skipper in einer der Kabinen verschwand, die Tür sich hinter ihnen schloß und sie das Gefühl hatte, etwas Falsches, etwas grundlegend Falsches zu tun.

Inhalt

Danksagung

Dieses Buch entstand mit freundlicher Unterstützung der nachstehend aufgeführten Institutionen:

Staatskanzlei des Landes Nordrhein-Westfalen,
Stiftung Künstlerdorf Schöppingen,
Else Heiliger-Fonds der Konrad Adenauer-Stiftung,
KUNSTSTIFTUNG NRW

Die Autorin bedankt sich herzlich für die wertvolle Hilfe.